余命一年と宣告された僕が、余命半年の君と出会った話　Ayaka's story

森田碧

ポプラ文庫ピュアフル

JN036584

目次

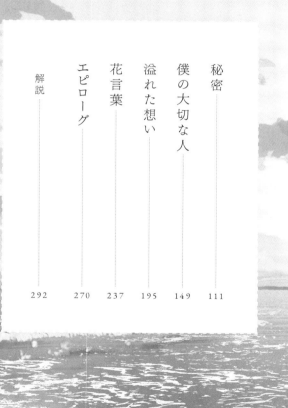

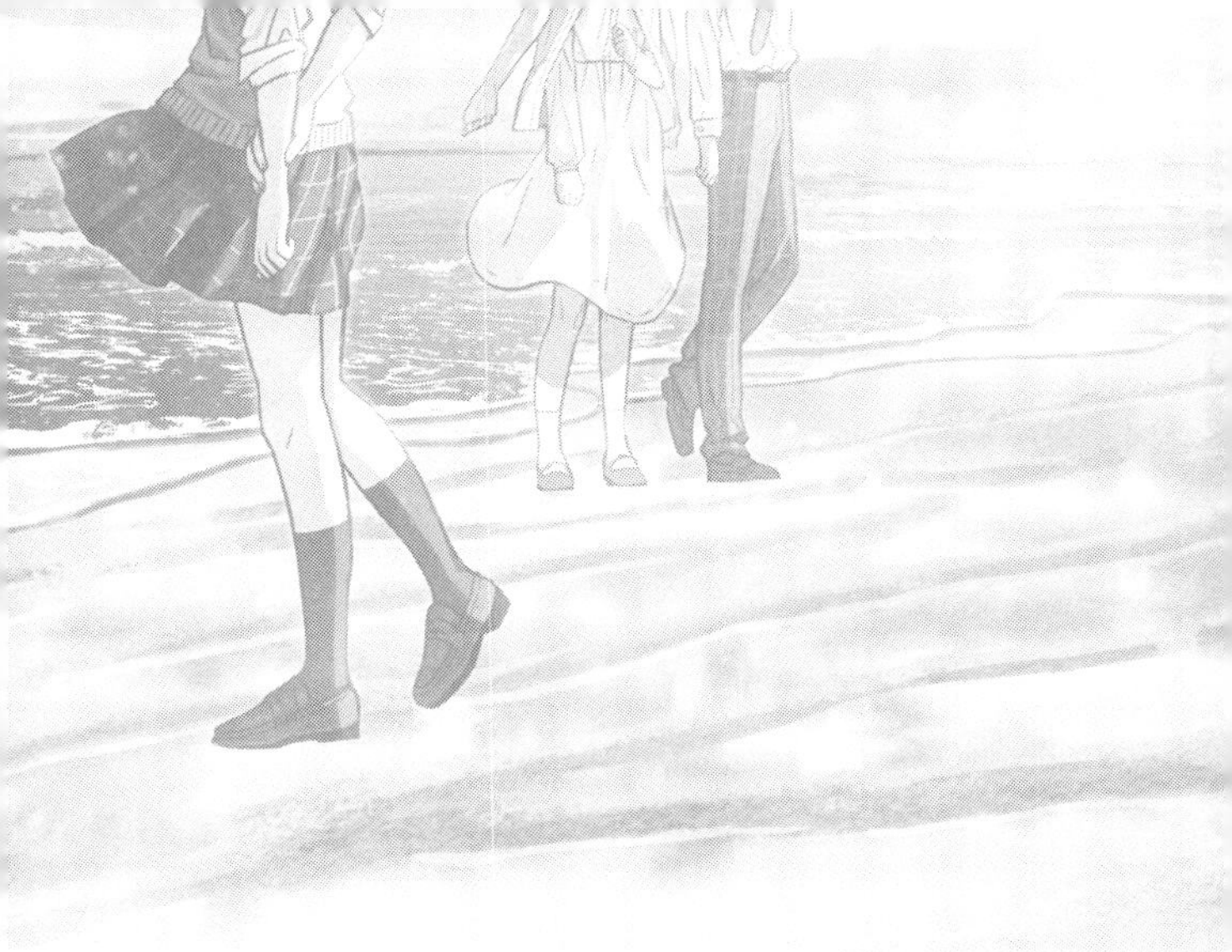

余命一年と
宣告された僕が、
余命半年の
君と出会った話。

Ayaka's story

プロローグ

「ねえ、ほかの女と浮気してるでしょ」

仕事終わりに陽介《ようすけ》を駅前のカフェに呼び出し、そう告げた。

交際を始めて四ヶ月。今までで最長記録だった。

陽介とは私が勤めているネイルサロンで知り合った。彼は私の常連客で、メンズネイルにハマっている二歳上の新米バーテンダー。

陽介が女とホテルから出てくるところを見たと、今朝先輩が教えてくれたのだ。ネイルケアの予約を入れていた彼は明日、来店予定だったが、私はどうしても真相を確かめたくてすぐに呼び出した。とはいえ、もう答えは出ているのだけれど、彼の口から直接聞きたかった。

「は？　してないって。なんだよ急に。話ってそれかよ」

陽介の目が泳ぎ出す。なんてわかりやすいんだろう、と私は呆れ果てる。浮気をするならもっと上手にやってくれたらいいのに。

「陽介が女とホテルから出てくるとこ、見たって。先輩が」

「人ちがいだって。証拠でもあんのかよ」

あるよ、と即答して携帯の画面を彼に見せる。そこには陽介と髪の長い金髪の女が腕を組んで歩いている写真が数枚。先輩がとっさにいろんな角度から隠し撮りしてくれたおかげで、証拠は十分に揃っていた。

陽介は長い沈黙のあと、泣きながら謝ってきた。もうしない、俺が悪かったと。

「もう無理だから。私の店にも来ないで。明日の予約、キャンセルしとくから」

浮気は一回でもアウト。お互いに課した条件だったのに、こんなに早く破られるなんて思わなかった。

泣いて縋る彼を残して、私は店を出る。泣きたいのはこっちの方だ。被害者は私なのに、一瞬にして恋人と常連客、行きつけのバーを失ってしまった。

振ったのに振られた気分。さらには雨にまで降られる始末。急いで駅まで走り、改札口を抜けて電車に飛び乗った。

帰りの電車の中で、私は静かに泣いた。

また雨だ、と車窓を眺める。もう恋愛なんてうんざりだ。

そのときなにか既視感を覚え、すぐに思い至った。中学の頃にも同じようなことで恋人と別れ、泣きながら親友のところへ向かったことがあった。あのときもたしか、激しい雨が降っていた。

雨はいつだって私の人生の分岐点につきまとってくる。これで何回目かもわからない。雨と一緒に、私の瞳からも透明の液体がぽろぽろ零れ落ちる。

勤務中や彼を問い詰めている間は我慢できたのに、涙が溢れて止まってくれない。

浮かんでくるのは、楽しかった思い出ばかり。

彼の綺麗な爪にネイルを施したこと。彼が、バーで私のために甘いカクテルをつくってくれたこと。ふたりで夜景を見にいったけれど、その日も天気が悪くて台無しだったこと。

たった四ヶ月の恋なのに、心に負った傷は深かった。

やっぱり私は愛されない女なんだ。私の恋はいつだって長続きしない。

二年ぶりに人を好きになって、私も春奈《はるな》と早坂《はやさか》に負けないくらいの大恋愛をしてやろうと意気ごんでいたところだったのに。


卑屈になりながら帰宅すると、鞄を投げ出して真っ先にベッドに倒れこんだ。

ベッドの上でまた少し泣いてから、携帯を開く。

カフェを飛び出して以降、一度も彼から連絡が来ていない。その事実がさらに私を深く傷つける。謝罪や復縁を迫るメッセージが来たとしても応じる気は微塵もないけれど、電話のひとつも寄越さないなんて信じられなかった。

「私のこと、本当に好きじゃなかったんだ……」

彼が私にかけてくれた数えきれないほどの愛の言葉は、全部嘘だった。最後に見せた涙だって、本心かどうかも怪しい。そう思うとよりいっそう泣けてくる。

涙を拭って陽介の連絡先と彼が写っている写真を消して、すべてを終わらせた。

それから私は、携帯の画面を操作して久しぶりに春奈のブログサイトに飛んだ。開いたのはたぶん、一年ぶり。

春奈が書いた記事と、早坂がそこに残したコメントをじっくりと読みこんでいく。

数年前、大切なふたりと過ごした日々が、読み進めていくたびに鮮明に蘇ってくる。文字を目で追っていくとあの日に戻れたような気分にさえなってくる。

すべての記事を読み終えた頃には、泣きじゃくっていた。

なんて素敵な純愛なんだろう。こんな素敵なふたりが、どうして今この世に存在していないのだろう、と。

たくさん泣いてすっきりしたのと、春奈と早坂の純愛に触れて淀んでいた心が浄化され、ふたりに励まされた気になった。

春奈が書いた記事の中でとくに思い出に残っているのは、三人で外出した秋の日の出来事。

私には忘れられない、大切な日の記憶――。

「早くしないと間に合わない」

涼しい季節にもかかわらず、早坂は車椅子を押して汗を垂らしながら声を上げた。

秋晴れの空は到着した頃にはすでに暮れ始めていて、夕日がいつ沈んでもおかしくない時間帯になっていた。

地面はアスファルトから砂利道に変わり、やがて砂になった。車椅子は進まず、春奈もハンドリムを回そうと試みるが車輪は砂に取られて一向に回らない。

「わたし、歩けるよ。ここまで運んでくれてありがと」

春奈はそう言って車椅子から立ち上がる。最近は寝たきりだった春奈が足元の悪い砂浜を歩くなんて、きっと簡単なことじゃない。手を貸そうとした私をやんわりと断った春奈は、数メートル進んだところで砂に足を取られ、転倒した。

「春奈、大丈夫？」

「うん、大丈夫。ちょっと足がもつれただけだから」

車椅子のハンドルを握りしめたまま固まっていた早坂が、なにか思いついたように走り出し、春奈の前で背中を向けてしゃがんだ。

「もう時間がない。春奈、乗って」

どうやら早坂は春奈を背負って運ぶつもりらしい。春奈は少し躊躇《ためら》ってから、「ありがとう」と涙ぐみ、早坂の背にそっと乗った。

「威勢がよかった割に全然進んでないじゃん。早くしないと太陽沈んじゃうよ」

つい、私はそう声をかけた。春奈を背負った早坂は亀のようにゆっくりとしか進まない。足元が砂浜だからしょうがないけれど、それにしても遅かった。

「うるさいな。今から本気出すんだよ」

そう言いつつも、歩く速度は変わらない。でも、やがて夕日が見えてきた。あの日春奈と見るはずだった夕日が、水平線の向こうに輝いている。

今日、私たち三人は春奈が行きたいと言った海に来ていた。

「わぁ、やっと見られた」

早坂の背で春奈は細い声で囁く。汗だくで息を切らしている早坂も顔を上げ、呼吸を整えながら沈んでいく太陽をじっと見つめる。

私の視線の先、遥か遠くに見える、燃えるように輝く落陽。それを反射して浮かび上がる、海面から一直線に伸びたオレンジ色の光の道。

春奈がスケッチブックに描いていた絵とリンクして、はっと息を呑んだ。

振り向くと、春奈の目元から夕日を反射した綺麗な涙が零れ落ちた。悔しいけれど、早坂は春奈にとって百点満点以上の男だった。

春奈をここに連れてきて、本当によかった。きっと私は今日のことを、そしてこの風光明媚な景色を一生忘れることはないだろう。このまま沈まずに、いつまでも私たちを照らし続けてくださいと願った。

夕日が沈むまでのほんのわずかな時間。私たち三人は誰も声を発さずに、ただ黙って水平線を眺め続けた。

余命半年の親友と、かけがえのない日々を過ごした話

ひとり親家庭で私は育った。母は十七歳で妊娠し、高校を中退してひとりで私を産んだ。父親は同級生の男子だったらしく、中退後は一度も顔を合わせていないそうで、私も会ったことがない。会いたいと思ったことすらなかった。

最初から母とふたりという環境で育ってきたから、父親がいなくて困ったことは一度もない。私にはそれが当たり前だったし、片親で不幸だと思ったこともなかった。

母は夜の仕事をしているので、私が眠ったあとに帰宅することが多かった。朝ご飯を自分でつくって食べてから学校へ行き、帰宅すると母は仕事へ向かう。一日に言葉を交わす回数はわずかだった。

母は休日になると男と出かけることがほとんどだから、家族で遠出なんてしたことがない。

たまに恋人を家に連れてくることもあった。母の恋人は柄の悪そうな人ばっかりで、中には母に暴力を振るう人もいた。

「お母さんには綾香《あやか》がいるんだから、あとはなんにもいらない」

母は失恋するたびに、私を抱きしめて泣きながらそんなことを口にする。たとえその場限りの言葉だとしても、母に必要とされるのは嬉しかった。だから私は、母には悪いけれど恋人ができるたびに早く振られないかな、と密かに願っていた。そうすれば私は母の一番になれる。その瞬間だけ自分の存在意義みたいなものを強く実感することができた。

そんな惨めな母のようにはなるまいと、小さい頃から自分に言い聞かせてきた。母の人生をひと言で表すなら、男に振り回されてばかりの憐れな人生。要するに男を見る目がないのだ。

しかし、反面教師となる人物が身近にいたのに、私の恋も散々なものだった。

中学生になった私は立て続けに男子に告白され、試しによさげな人と付き合ってみた。ひとつ年上の、同じ中学のサッカー部の先輩。けれど長続きはせず、すぐに破局した。

その後も何人かと交際をしてみたけれど、一ヶ月以内に別れてばかりでなかなかうまくいかなかった。

「学生の恋愛なんてそんなもんなのよ。気にするんじゃない」

失恋して落ちこんでいる私に、母はそう声をかけてくれる。自分だってろくな恋愛をしてきていないくせに、とは言えない。母のように長続きしない恋なんてするもんかと思っていたのに、血は争えなかった。

母は娘である私から見ても美人で、子どもの頃からちやほやされて育ったらしい。ぱっちりとした大きな二重まぶたや通った鼻筋。ほかにも男受けするスタイルのよさなどは母親似である私もささやかながら受け継いだ。そのおかげか、私に近寄ってくる男もそれなりに多かった。ろくでもない男ばかり寄ってくるところは受け継ぎたくなかったのに。

それでも中学二年の頃にひとりだけ長続きした人がいた。長続きといっても、交際期間はたったの三ヶ月弱。

今思えば短いけれど、当時の私にしては大きな進歩だった。

隣のクラスの木村慶司《きむらけいじ》という男子生徒で、バスケ部に所属している学年一の人気者だった。慶司は私の幼馴染みの桜井《さくらい》春奈と同じクラスで、私は春奈に会いにいくついでに慶司ともよく話していて、やがて彼のことを好きになった。優しくて爽やかな笑顔が素敵でいつしか恋に落ちていたのだ。

春奈が体調を崩して入院してから隣のクラスに足を運ぶ回数は減ったけれど、慶司とは廊下ですれちがうたびに言葉を交わし、放課後にはバスケ部の練習を見にいったこともあった。慶司は女子から大人気で、私と同じく慶司目当てで部活を見に来ている子が何人もいた。ライバルは多かったけれど、負ける気はしなかった。

部活終わりにふたりで下校したり、休日は一緒に映画を観にいったり。何度かデートを重ねたあとに私から好きだと告げた。今までの告白は全部男子からだったけれど、追う側に回ったのは初めてだった。

本気で好きになった人と付き合ってこなかったから私の恋は短命だったのだ。それまでの失恋を踏まえ、私はそう結論づけた。だから慶司とは絶対にうまくいくと確信していた。

彼は首肯してくれて、私の初めての告白は無事に成功した。そして予感は的中して交際は順調に進んだ。今までの男は付き合って一週間の時点で嫌気がさしていたけれど、慶司にはそんな感情を抱かなかった。これが私の初恋なのだと確信するほどに。

「三浦《みうら》さんって桜井さんと仲良かったよね。木村くんと付き合ってよかったの？」

慶司と付き合い始めて二週間が過ぎた頃、彼と同じクラスの女子にそう告げられた。

私は言葉の意味がわからず、「それ、どういう意味？」と率直に聞き返した。

「やっぱり、知らなかったの？　桜井さんと木村くん、ちょっと前までいい感じだったんだよ」

それは初耳だった。私はその子に詳しく話を聞いた。

話によると、春奈は入院する前、慶司の部活の練習を見にいったり、休日はふたりで出かけたりしたこともあったらしい。

春奈からそんな話は聞いたことがないし、正直、春奈が男子と仲良くしている姿なんて想像できなかった。春奈は学校を休みがちで、男子はおろか女子の友達もほとんどいなかった。

私は春奈に新しい恋人ができたことをまだ伝えていない。少し前に恋人と別れたとき、泣きながら春奈に抱きついて「私には春奈がいるから、彼氏なんていらない」と宣言したばかりだったから。

それに、私に恋人ができると、春奈は気を遣って私と距離を置くようになる。

「わたしが綾ちゃんのそばにいたら、彼氏さんに悪いから」

そんなことを気にする必要なんてないのに、春奈は放課後になるとひとりで下校する。寂しげなその背中を見送るのは辛かった。

慶司と付き合い始めて一ヶ月後、私は春奈の病室を訪れていた。一ヶ月以上交際が続いたら春奈に話そうと決めていたのだ。

少し前まで当たり前のようにほぼ毎日お見舞いに来ていたけれど、このところ間が空いてしまったのでその日は家を出たときから緊張していた。

慶司との交際を春奈に告げたら、私たちの関係は壊れてしまうんじゃないかと危惧したのだ。実際にそういう事例を目にしたことがあった。それまでは親友だったふたりが、同じ人を好きになってしまったばっかりに不仲になった、とか。

ドキドキしながら扉をノックして病室に入ると、春奈は体を起こして本を読んでいた。この頃の春奈は読書に夢中で、お見舞いにいくと本を読んでいることが多かった。入院前も休み時間になるたびに本を開き、クラスでは浮いた存在となっていた。

「春奈、久しぶり。最近あんまり来られなくてごめんね」

ひとり部屋の病室に足を踏み入れてそう声をかけると、春奈は本に栞を挟んで閉じ、顔を綻ばせた。

「ううん、大丈夫。先週テストだったんでしょ？　忙しいのにありがとね」

顔色はあまりよくなかったけれど、春奈は優しく微笑んでそう口にした。

私も春奈に微笑み返す。テスト週間だから忙しくて来られなかったわけではなく、本当は春奈に黙って慶司と交際していることに後ろめたさを感じて避けていたのだ。

なんだか申し訳ない気持ちになって私は春奈の目を見られなかった。

「今日はどんな本を読んでるの？」

言葉が見つからず、ふと目に留まったベッドテーブル上の文庫本を指さして聞いてみた。表紙には制服を着た涙目の女の子が描かれている。

「普通の恋愛小説だよ。読み終わったら綾ちゃんも読んでみる？」

「いや、私は大丈夫。活字苦手だから」

「そう言うと思った」

たしか以前読んでいた本も恋愛小説だった。春奈曰く、主人公に感情移入して恋愛を疑似体験できるから好きなのだという。昔から病弱で恋をできないでいるから、そういう小説を好んで読んでいるのかもしれない。

テストの出来はどうだったかとか、来月行われる文化祭の話などをして、私は本題に入った。

「実は私ね……」

そう言いかけて口ごもる。春奈は「うん？」と小首を傾げる。

「いや、その……。そういえば春奈ってさ、好きな人とかいるの？」

とっさにそんな言葉が口を衝《つ》いて、春奈はきょとんとする。慶司とのことを話すつもりだったのに、私は逃げてしまった。取り繕うように視線を彷徨わせて補足する。

「ほら、春奈って恋愛小説好きでしょ？　フィクションもいいけど、春奈も頑張らないとさ」

「わたしにはそういうの向いてないから。それに、病気だからあんまり出かけたりできないし」

それを言われるとなにも言い返せない。春奈はことあるごとに「病気だから」のひと言で済ませることがよくあった。友達に遊びに誘われたり、お泊まり会に誘われたりしたときも、病気だから迷惑かけちゃうと思うから、といつも断っていた。

友達なんだから迷惑をかけてもいいし、そうやって壁をつくるのはよくないよと告げていたのに。

「でもさ、気になる人くらいいないの？　同じクラスの人とか」

「うーん……いないことはないけど」

「……誰？」

慶司以外の名前が出てくれれば、と願った。

「木村くんだよ。ほら、綾ちゃんもよく喋ってる木村慶司くん」

「……ああ、あの人ね。好きなんだ？　木村くんのこと」

「わかんない。でも優しいよね、木村くん。早く退院して会いたいなとは思う」

にっこりと笑みを浮かべて春奈は言う。こんなことになるなら最初に素直に打ち明ければよかった。話が進むほど切り出せなくなっていく。

「そうなんだ。でも木村くん、モテるからね。もしかしたらもう彼女いるかも」

春奈の顔は見ずに、俯きがちに私は言った。本当のことを話すべきか黙っているべきか、どちらが春奈のためになるのかわからなかった。

「いたらいたでしょうがないよ。わたしみたいな病弱な女より、あちこち遊びにいったりできる人の方がいいに決まってるし」

春奈はまた、自分を卑下する言葉を放つ。きっとその言葉を使うことで自身を守っているのだ。私はこうだから、仕方がない。そうやって決めつけて何事も諦める春奈は好きじゃなかった。

結局私は、春奈に慶司と交際していることを伝えられなかった。だからもし退院して彼と一緒にいるところを春奈に見られたら、と思うと怖かった。

その後も私は、春奈に内緒で慶司と交際を続けた。毎日が幸せで、月並みな表現だけれど彼と付き合い始めてからは、モノクロだった日常の景色が色づいた。

それはまちがいなく、私にとっての初恋だった。今まで何人かの男と付き合ってきたけれど、あれはノーカン。ちゃんと胸を張って好きだったとは言えないし、向こうだって本当に私のことを好きだったのかさえわからない。

そんな子どもじみた屁理屈を並べ立て、私は強引に慶司を初恋の相手だと思いこんだ。

彼と交際していた数ヶ月間は、まるで少女漫画のヒロインになったかのように私は輝いていたと思う。


「綾ちゃん聞いて。わたし、退院したら木村くんとデートするかも」

夏休み初日。春奈の病室で、たった今慶司から届いたメッセージに返信を打っているタイミングで、春奈が耳を疑う言葉を口にした。一瞬にして、私の指と思考は停止する。

「綾ちゃん？　聞いてる？」

「え？　ああ、うん。木村くんって、木村慶司くん……のこと？」

恐る恐る、私は訊ねる。春奈は顔を紅潮させてこくりと頷いた。

同姓同名であってほしいと願った。でも、交友関係の狭い春奈が彼とは別のキムラケイジくんと知り合いだなんて考えづらいし、いくらなんでも無理がある。

「木村くん、この前お見舞いに来てくれてね、退院したらデートしようって言ってくれたんだ」

春奈は頬を赤らめて視線を落としたまま、もじもじしながら言った。

「そ、そうなんだ。……よかったね」

私は動揺を隠して声を絞り出す。冷や汗とともに、涙まで込み上げてきそうだった。

「なんかね、観たい映画があるんだって。わたしたぶん夏休み明けには退院できると思うって言ったら、一緒に観にいこうって」

「そういえば木村くん、たしか彼女いたと思うよ」

春奈が言い終わる前に、思わずそんな言葉が口を衝く。「えっ」と言って春奈は顔を上げた。

「でもこの前話したときは、木村くん、彼女いないって言ってたよ」

「え……あ、そうなんだ。じゃあ、私の聞きまちがいかな……」

瞬時に表情を曇らせた春奈を傷つけまいと、私は真実を伝えなかった。ちがう。私が傷ついてしまうから、それ以上はなにも言えなかった、という方が正しい。

「ごめん春奈。私、用事思い出したから今日はもう帰るね。また来るね」

いたたまれなくなって春奈の返事を待たずに病室を出る。その場に留まっていたら、泣いちゃいそうだったから。

その数日後に慶司と海に行く約束があったけれど、私は断って家に引きこもっていた。彼からメッセージが何通も届いたが、返事はしなかった。


「ねえ慶司。春奈をデートに誘ったって、本当なの？」

夏休み終盤の雨が降った日。いつまでもはっきりさせないのは気持ちが悪くて、慶司をカフェに呼び出して単刀直入に聞いた。開口一番にそんなことを聞かれるとは思っていなかったのだろう。彼は虚を衝かれたようにわかりやすく動揺した。

「え？　いや、そんなわけないじゃん。俺、綾香と付き合ってるんだから、ほかの子とデートなんかしないって」

「彼女いないって春奈に言ったでしょ。全部聞いたから嘘つくのはやめて」

私がぴしゃりと冷たく言い放つと、慶司は肩をすぼめて俯く。口論になるのを覚悟してきただけに、怒りを発散できずに焦燥感だけが募っていく。

「ねえ、聞いてるの？　ほかにも隠してることあるでしょ？」

テーブルを叩いて問い詰める。慶司の肩がびくっと跳ねる。その言葉に根拠はなくて、私はただかまをかけただけだった。

しかし慶司は、予想に反してとんでもないことを白状した。

「……ごめん。実は、ほかにも付き合ってる人がいるんだ」

「……え？」

頭が真っ白になった。慶司の口から、まさかそんな台詞が飛び出してくるなんて微塵も思っていなかったから。そして彼は、無情にも私にとどめをさす。

「綾香のほかに……三人」

でも聞いてほしい、と続けた彼の言葉はもう耳に入ってこなかった。私はただ、春奈とのことを問い詰めただけなのに。

「こういうの、やっぱりだめだよなって思ったから、ほかの子とは別れるつもりだったんだ」

慶司は必死に取り繕うように身を乗り出して言ったが、信じることなんてできない。もう顔も見たくなかった。

「ごめん、無理」

注文したミルクティーをひと口も飲まずに、私は席を立って店を出た。

店を出てすぐ、傘を忘れてしまったことに気がついた。でも戻る気になれなくて、私は雨が降りしきる中を走った。

しばらく走ったあとにふと顔を上げると、目の前のバス停にバスが止まっていた。

ドアが閉まる前にステップを駆け上がり、最後部の座席に腰掛けると、堪えていた涙がぽろりと零れた。

声を押し殺し、ほかの乗客に気づかれないように顔を伏せて涙を流し続けた。

これはまちがいなく私の初恋であり、初めての失恋でもあった。今まで何度か恋人ができて、別れも経験してきた。けれど、やっぱりどれも本気の恋じゃなかったのだ。

この胸を締めつけるような痛みがそれを証明していた。

呼吸すらままならず、「大丈夫？」と前の座席の赤ん坊を抱いた女性に声をかけられてしまう。

「だい……じょうぶです」

と私は声を振り絞った。かわいらしいニット帽を被った赤ん坊が、泣きじゃくる私を不思議そうに見つめている。

なんて惨めなんだろうと、余計に悲しくなった。

「綾ちゃん、どうしたの？　なんで泣いてるの？」

病院前のバス停で下車した私は、めそめそしたまま春奈の病室に立ち寄った。春奈はベッドから下りて、なにも答えない私をぎゅっと抱きしめて一緒に泣いてくれた。

「なんで春奈まで泣いてるの？」

「だって、綾ちゃんが泣いてるところ初めて見たから。よっぽど悲しいことがあったんだろうなって」

溢れる涙を手の甲で拭い、声を震わせて春奈は言う。言われてみれば春奈の前で泣いたのは、この日が初めてだった。私は春奈の涙を何度も見てきたのに。思えば春奈の前だけでなく、私はつい先ほどまで人前で泣いた例《ためし》がなかった。

いつの間にか立場が逆転し、今度は私が春奈を慰める。そして春奈が泣きやむと、私はすべてを打ち明けた。

慶司と交際していたこと。彼に四股をかけられていたこと。付き合ったときは春奈と慶司の仲が良いとは知らず、いつか春奈に謝ろうと思っていたけれど、仲がこじれてしまうのが怖くて言えなかったこと。

止まっていた涙を再び流しながら説明を終えると、春奈もまた目を潤ませ、やがて落涙した。

「そうだったんだね。そんなことで綾ちゃんを嫌いになるわけないよ。話してくれてありがとう」

春奈は私を咎めることなく笑ってくれて、また一緒に泣いてくれた。

春奈はそういう子だ。誰よりも友達思いで、自分のことはいつだって二の次で。

私は春奈に思いを打ち明けて、彼のことを忘れた。たぶん、彼のことは本当に好きじゃなかったんだと無理やり思いこむことにして、前に進んだ。

　春奈の優しさに触れ、傷ついた心は次第に癒えていった。

「私には春奈がいるから、彼氏なんていらない」

　破局したあとのお決まりの台詞を吐いて私は春奈に抱きついた。これじゃあお母さんとやってること同じだな、なんて思いながら。


　その後退院した春奈は、休みがちではあったけれどまた学校に来るようになって、私は毎朝彼女の家まで迎えにいって一緒に登校した。

「いい？　慶司に話しかけられても、無視するんだよ。あいつは女たらしなんだから、絶対近寄っちゃだめ。もし好きな人ができたら、私がそいつのことを調べるから教えてね」

　過保護すぎるくらい、私は春奈に近づこうとする男子を警戒した。時々春奈の教室に行くと男子に話しかけられているところを何度か見かけた。ただ単に滅多に登校しない春奈を珍しがっているだけかもしれないけれど、春奈はすごくかわいいから好意を寄せている男子も少なくないと思う。

　春奈には、私のように傷ついてほしくなかった。私とは正反対の、少女漫画のヒロインのようなキラキラとした恋愛をしてほしかった。

「ねえ、気安く春奈に話しかけないでくれる？　ていうか、あなたは春奈に近づかないで」

この言葉をかけたのは、彼で三人目。その三人目の人物は、慶司だった。放課後に春奈と話し終えた彼のあとを追って、私はそう宣告したのだ。

「話すくらいいいじゃん。遊びに誘ったりはしないからさ」

「誘っても無駄だよ。慶司が四股してたこと、春奈知ってるから」

まじか、と彼は呟いてがっくりと肩を落とす。この期に及んでもまだ春奈を狙っていたなんて呆れる。

「もう春奈のことは諦めな」

彼にそう言い捨てて、春奈が待つ昇降口へと向かう。春奈は優しいから、慶司に話しかけられても無視できなかったのだろう。

その日も私は春奈を自宅まで送り届けてから帰宅した。


それから一ヶ月後の日曜日。私は変装してひとりで大型商業施設内にあるファストフード店に来ていた。

目線の先には男女四人のグループ。ぱっと見はダブルデートのよう。その中のひとりは、私の親友である春奈だった。

「日曜日、クラスの子たちと四人で遊びにいくことになったの！　こういうの初めてだから嬉しい！」

金曜日の放課後、目を爛々《らんらん》とさせて春奈は私にそう告げた。春奈が私以外の子と遊ぶなんて今までほとんどなかったはずなので、私も嬉しくなって春奈と一緒に喜んだ。

「よかったじゃん！　どこに遊びにいくの？」

「駅前のデパート！　四人で映画を観にいくの」

念のためメンバーを聞くと、男子ふたり女子ふたりだというので、私の過保護センサーが働いて彼女を詰問した。

四人の内訳は春奈、歩美《あゆみ》、航《わたる》、蒼汰《そうた》で、歩美と航はどうやら付き合っているらしかった。その話を聞いて私の妄想は膨らんでいく。

蒼汰が春奈のことが好きで、ほかのふたりは春奈と蒼汰をくっつけたくて遊びに誘ったのだろうと私は結論づけた。

ちなみに蒼汰は、以前私が「気安く春奈に話しかけないでくれる？」と忠告したうちのひとりだった。

といっても誰彼かまわず告げているのではなく、チャラい雰囲気で春奈に近づいてくるような人に言っているだけ。

本当は月曜日に春奈に話を聞こうと思っていたけれど、急に心配になり、いてもたってもいられなくなって家を飛び出してきてしまった。

もし途中で具合が悪くなっても、春奈はクラスメイトたちに気を遣って無理をするかもしれない。せっかく退院して学校に通えるようになったのに、また入院生活に逆戻りしたら嫌だ。

そう考え出すと止まらなくなって、じっとしていられなかった。

眼鏡をかけて帽子を目深に被り、マスクまでしているから私だとは気づかれないだろう。和気あいあいと談笑している四人を観察しながらハンバーガーを頰張る。さすがに会話の内容は聞こえないが、春奈も楽しそうに笑っているのでひとまず安心した。

でも、蒼汰の馴れ馴れしさに少しイラッとした。

四人はハンバーガーを食べ終わると、エレベーターに乗りこんで最上階にある映画館へ向かっていった。私も別のエレベーターに乗って映画館に行き、彼らと同じチケットを購入して近くの座席で映画を鑑賞した。

定番の恋愛もので、内容はそれなりに面白かった。

映画館を出ると四人は解散し、私は帽子と眼鏡を外してから偶然を装って春奈に声をかけた。

「あれ、春奈じゃん。ひとりでなにしてるの？」

ちょっと臭い演技になった。むしろ私の方が言われるべき台詞だった。

「わっ！　びっくりした！　綾ちゃんも来てたんだ。わたしはほら、この前クラスメイトの子たちに遊びに誘われたって話したでしょ。それだよ」

「ああ、そういえばそんなこと言ってたね。それで、どうだった？」

白々しく訊ねると、疑うこともなく春奈は声を弾ませる。

「楽しかったよ。今度また四人で出かけることになった！」

ふうん、と私は軽く嫉妬しながら蒼汰について春奈から聞き出しつつ、彼女を家まで送り届けた。


翌日から私は蒼汰のことを嗅ぎ回った。彼と仲の良い子に話を聞いたり、廊下ですれちがうと観察してみたり。

蒼汰はサッカー部に所属しており、成績はそこそこ。顔は整っているし性格も悪くないらしい。春奈に彼のことをどう思っているか聞いたところ、「いい人だよ」と評価していたので私は口出しせずに見守ることにした。

「春奈、大丈夫？　なんか顔色悪いよ。蒼汰くんたちと遊ぶの、今度にしたら？」

春奈が蒼汰たちと遊ぶ日の前日。下校中に春奈が急に座りたいと言ったので、私は近くにあった公園のベンチに春奈を座らせた。

十月に入り、気温はそんなに高くないのに春奈はずいぶん汗をかいていた。

「大丈夫。こんなのいつものことだから」

　春奈は白い歯を覗かせて笑ってみせる。それは春奈が無理をしているときに見せる笑顔だ。付き合いの長い私にはわかる。

「病気のこと、ちゃんとあの三人に話したの？」

「話してない。たぶんもう治ってると思ってるんじゃないかな、クラスの皆も」

　蒼汰も歩美も航も一年の頃は春奈とちがうクラスだったし、小学校も別だ。きっと、春奈の病気のことを詳しくは知らない。

「話した方がいいと思う。言いづらいんだったら、私から言っておくよ」

「言わないで。せっかく友達ができたんだから、嫌われたくない」

「なに言ってんの。そのくらいで誰も嫌いになるわけないじゃん」

「でも、病気だって知ったら、皆わたしから離れていくんだよ。気を遣ってさ。きっともう、遊びにだって誘われなくなる」

　目を伏せて力なく言った春奈に、かける言葉が見つからなかった。思えば一年のときも、小学校のときもそうだった。皆必要以上に春奈に気を遣って遊びに誘わなかったり、距離を置いたりしていた。

　積極的に春奈と仲良くなろうとする子は、今までほとんどいなかった。

　そうなることを知っているから、春奈は病気のことを隠したいのだろう。

「今度四人で勉強しようって約束もしたんだよ。だから今は、わたしも健康な女の子でいたい」

「……そっか。わかった」

帰ろっか、と春奈は微笑んで立ち上がる。私は春奈の意思を尊重して、あの三人には黙っていることにした。

翌日の午後。私はその日も変装して最寄り駅で春奈が現れるのを待っていた。本当は今日、尾行するつもりはなかった。けれど、昨日の春奈の様子を見て、心配になって家を出てきてしまった。

「ハルをお願いね」といつも春奈の母親に託されているので、私が春奈を守らなくては、という謎の使命感もある。

昨日の帰りに聞き出したところ、駅前のデパートでショッピングをして、そのあとに毎年この時期に神社で行われる秋祭りに行くらしかった。小学生の頃は毎年春奈と一緒に訪れたお祭りだ。それがまさか今年は春奈が私以外の友達と行くなんて嬉しいやら悲しいやら、複雑な気持ちだった。

数分待っていると道の先に春奈の姿が見えた。秋らしいチョコレート色のカーディガンを羽織り、どこか緊張した面持ちで歩いてくる。

私はいったん春奈をやり過ごすと、そのままあとを追って電車に乗りこんだ。

電車を降りると、春奈は駅構内にある大型モニターの前でほかの三人の到着を待っていた。待ち合わせ時刻の十五分前。私と遊ぶときも、春奈は私よりも先に来ることが多かった。

春奈に見つからないように、私も待ち合わせを装って少し離れたところに立つ。

まずやってきたのは歩美と航のふたりだ。お待たせ、なんて言いながらふたりは春奈に笑いかける。声をかけられた春奈の表情は、瞬時にぱあっと輝いた。

三人はしばらく立ち話をして、やがて蒼汰も姿を見せた。彼がやってきたのは約束の時間を二十分も過ぎてからだった。

「ごめん、待った？」

へらへらしながらの第一声に腹が立った。春奈はもったいないほどの柔らかい笑顔を彼に向け、「お喋りしてたし、全然大丈夫だよ」と蒼汰を気遣った。

いきなり一点減点。春奈の恋人にふさわしいか、今日は十点満点で評価するつもりで来た。持ち点は十点で、そこから減点方式で採点していく。最終的に合格ラインの八点以上をキープできれば文句なしだ。

四人はそのあと、デパートに移動した。歩美と航は完全にふたりの世界に入っており、必然的に春奈は蒼汰と並んで歩いていく。

道中、蒼汰は春奈に車道側を歩かせたのでまた一点減点。もう八点だ。私は少し距離を詰め、ふたりの会話に聞き耳を立てる。

「今度の練習試合、春奈ちゃん観にきてよ。絶対ゴール決めるから」

「うん、行けたら行くね」

「この前メッシの試合を観たんだけどさ……」

「そ、そうなんだ」

「ネイマールもかっこいいよね」

会話の内容はひとりよがりの最悪なもので、減点の嵐だった。彼は外国のサッカーの話か自分の話ばかりで、春奈のことは一切聞こうとしない。春奈の表情はこの位置から見えないが、声の調子から困惑している様子が伝わってくる。

その後、カフェに立ち寄った四人を追いかけて、私は彼女らのすぐ後ろの席を確保した。春奈と背中合わせで座る形だ。

歩美と航は、春奈に好意を寄せているであろう蒼汰を持ち上げるべく、いかに彼がいいやつであるかを熱弁しだした。蒼汰は謙遜のけの字もなく、まんざらでもないように自ら自慢話を始める。春奈が戸惑いつつも、「すごい!」と好反応を示すものだから蒼汰は調子に乗るばかりだった。

カフェを出た頃には、蒼汰の点数はマイナス四点となっていた。

本当ならこの時点で強制終了としたいところだが、もう少し見守ることにして私は尾行を続ける。

その後はデパート内にあるメンズ洋服店に立ち寄ったり、スポーツ用品店を覗いてみたりと、女子ふたりは男子の買いものに付き合わされているようだった。しかも時間をかけて物色する割に男子はなにも買っていない。

さらに驚くべきことに、デパートを出ると、四人はバスを利用せず祭り会場の神社まで徒歩で向かい出した。歩くと三十分はかかる距離なのにバス代をケチったらしい。

春奈の病気を告げていれば、きっとバスに乗って向かったはずだ。春奈は大丈夫だろうか。やっぱりちゃんと伝えるべきだったと今になって後悔した。

私は道路を挟んだ反対側の歩道を歩いて彼女らのあとに続く。春奈は体調が悪いのか蒼汰に話しかけられてもうまく受け答えができていないようで、彼はつまらなそうに口を尖らせていた。

神社に着いた頃には春奈の顔は曇っていて、足どりも覚束なかった。

一行は休憩を挟むことなく人垣を掻き分けて参道を進んでいく。春奈は遅れを取るまいと必死に足を前に運ぶ。時々よろけそうになっている姿に私ははらはらしどおしだが、知り合いがいないか周囲を気にしている様子の三人がそれに気づくことはなかった。

「私たちたこ焼き買ってくるから、蒼汰と春奈ちゃんは飲みもの買ってきて」

春奈と蒼汰をくっつけたいのか、どうやら二手に分かれるらしい。私は春奈と蒼汰ペアについていく。

「春奈ちゃんって、歩くの遅いね」

散々歩かされて疲れている様子の春奈に、蒼汰は無神経な言葉を投げかける。この発言はマイナス十点に値する。私は今すぐにでも彼をどついて、春奈を連れて帰りたい衝動に駆られた。

「ごめん。もう少し速く歩くね」

嫌われないように無理をして笑う春奈。たぶん蒼汰に好意を寄せているわけではなく、病気のことを知られたくなくて気丈に振る舞っているにちがいなかった。

――せっかく友達ができたんだから、嫌われたくない。

昨日の春奈の言葉を思い出し、私は怒りを飲みこんで彼女らの観察を続けた。歩く速度の遅い春奈に相変わらず蒼汰は苛立っているようで会話は減っていた。蒼汰のポイントがマイナス十八点を超えてからもう数えていない。私は呆れ果てていた。

どこかひとつでも彼の美点があればいいと考えたが、今のところまったく見つかりそうにない。

私は眼鏡と帽子を取って、いつでも偶然を装って春奈に声をかけられる準備だけしておいた。私は春奈の保護者でもなんでもないけれど、そろそろ春奈の体力も私の我慢も限界に近かった。

春奈が参道のど真ん中でしゃがみこんだのは、私が変装を解いた直後だった。蒼汰は数歩進んでから振り返り、「どうしたの？」とうんざりしたように言った。

「ごめん、ちょっと目眩《めまい》がして……」

「そんなとこにいたら、ほかの人の邪魔になるよ」

「うん……ごめんなさい」

ほら立って、と春奈の腕を摑んで無理やり立たせようとした蒼汰を、私は思い切り突き飛ばした。

「なにやってんのよ、あんた！　馬鹿じゃないの！」

尻もちをついた蒼汰を叱咤してから、私は春奈のそばに駆け寄った。

「春奈、大丈夫？　立てる？」

「あれ、綾ちゃんもお祭り来てたんだ。ちょっと立てないかも……」

近くで見た春奈の顔は真っ青で、額には汗が滲んでいた。周囲の人たちは私たちを邪魔そうによけながら歩き去っていく。舌打ちをする人までいて、「早くどかなきゃ」と春奈は泣きそうな顔でゆっくりと立ち上がった。

「大丈夫ですか？」

そのとき、私たちと同い年くらいの男子に声をかけられたが、大丈夫ですと答えてどこか座れそうな場所を探した。

「秋人《あきと》、どうしたの？」

「なんか具合悪そうにしてたから」

そんな会話を背中で聞きながら、境内の石段に春奈を座らせた。

「飲みもの買ってくるから、ここで待ってて」

疲労困憊の春奈をその場に残し、近くにあった自販機で水を買って春奈に渡した。

「綾ちゃんも友達と来ているんでしょ？　わたしのことはいいから、お祭り楽しんできて」

お水ありがとう、と言ってから春奈は私を気遣ってくれる。

「私は大丈夫だから。とりあえず、春奈のおばさんに迎えに来てもらうように連絡するね」

「うん、ありがとう」

春奈の母親に事情を説明すると、すぐに迎えに来てくれることになった。

「あの……俺、航たちのとこに戻るから、よくわかんないけどあとはよろしく」

ずっときまり悪そうに突っ立っていた蒼汰がそう言い残して去っていく。

なにか罵倒してやろうかと思ったが、今はどうだってよかった。マイナス百万点の男なんか、春奈のそばにいてほしくない。

「わたし、やっぱり普通の女の子にはなれないんだね……。せっかく遊びに誘われたのに、迷惑かけちゃった。それに綾ちゃんにも」

「私はいいから。それよりあの蒼汰ってやつ、最低だね。もう関わらない方がいいよ。月曜に、私から強く言っとくから」

「わたしのせいだから、そんなことしないで。悪いのはわたしなんだから、しょうがないよ」

そんなことない、と私は春奈の母親が到着するまでの間、彼女を励まし続けた。春奈はなんにも悪くない。よく頑張ったねと。

きっといつか春奈も素敵な恋愛ができるよ、絶対に春奈を大切にしてくれる人が現れるよ、信頼できる友達だってつくれるよ、と私は春奈に伝えた。そうすると春奈は、肩を震わせて涙を流した。

「そうだね、ありがとう」

泣きながら笑みを見せた春奈を前に、私も一緒になって泣いてしまった。

その日の無理が祟ったのか、春奈はまたしばらく入院することになった。私は頻繁にお見舞いにいったが、彼女のクラスメイトは誰ひとりとして病院を訪れることはなかった。

「ねえ、あんたたち春奈の友達なんでしょ？　お見舞いくらい行ったらどうなの？」

冬休み直前の放課後、私は以前春奈と遊びに出かけた歩美と航、それからマイナス百万点の蒼汰に声をかけた。蒼汰は春奈のことが好きだったはずなのに、あのグループデート以来、春奈に近づこうとすらしないことに腹が立っていた。近寄られても困るけど。

「ああ、そのうち行くって言っといて。てか、まだ入院してたんだ」

蒼汰が気まずそうに顔を背けて言った。

「してるよ、ずっと。春奈喜ぶと思うから、三人で行ってあげて」

はーい、と返事をすると彼らは私に背を向けて去っていった。

だけど結局、あの三人が春奈の病室に来ることは一度もなかった。


三年に進級しても、春奈は病院や自宅で療養してばかりで登校することはなかった。

ずっと行きたがっていた修学旅行も、楽しみにしていた最後の文化祭も、すべて不参加。蒼汰との一件で心が折れてしまったのか、友達をつくることも恋をすることも諦めているようだった。

「高校生になったら、また一から頑張ればいいじゃない」

病室のベッドで横になったままの春奈に、私はそう声をかけた。

「わたし、高校行けるのかな」

「行けるよ、きっと」

なんの根拠もないけれど、春奈の病気は大人になるにつれよくなるものだと私は思いこんでいた。だから、辛いのは今だけだと、自分にも春奈にも言い聞かせてきたが、春奈の病状は時間の経過とともに悪化の一途を辿っていた。

それまでは喧嘩なんて一度もしたことがなかった私たちだったけれど、中学の卒業式が終わったあと、最初で最後の大喧嘩をした。

「卒業したよ、春奈」

私が春奈の病室でもらったばかりの卒業証書を掲げてみせると、彼女はどうしてか不貞腐れてしまったのだ。

よかったねと、たったのひと言。

その日は私の虫の居所が悪かったのも影響していたと思う。卒業式に来てくれるはずだった母が、私よりも男を優先してそっちに行っちゃったから。

「……わたしのことはもう放っといて。もう、ここには来ないで」

春奈のその言葉に私は憤慨した。私が今まで、春奈のためにいろんなものを犠牲にして尽くしてきたのに、そんな言い草はないだろうと思った。たったひとりの親友だと思っていたのに、ずっと春奈を気にかけてきたのに裏切られた気分だった。

「なによ！　悲劇のヒロインにでもなったつもりなの？　そんなふうに悲観的になってるとね、いつまで経っても病気なんて治らないよ！」

そう言い放った私は病室を後にしてぶつぶつ呟きながら病院を出て、泣きながらバスを待った。外は私の心情を現すかのように土砂降りだった。

春奈に酷いことを言ってしまった。でも、春奈の言葉に私も傷ついた。今はなにも考えたくない。

やってきたバスに乗りこんで、私はもうここへ来ることはないかも、と思いながら窓の外の病院を睨みつけるように眺めた。

——それがきっかけで春奈とは疎遠になってしまった。

どうせそのうち仲直りできるだろうと思っていたけれど、高校生活が始まると新しい友達ができたり、バイトを始めたりと春奈のことを考える時間が減っていった。

春奈は病状が安定したら通信制の高校に通うと言っていたので、そっちの高校で頑張っているんだろうな、と時々思ったりはした。

そんな忙しい毎日を送り、高校二年生になった私の前に、突如として異物が現れた。

彼は同学年の生徒で、早坂秋人と名乗り、春奈の名前を口にした。

「えっと、桜井春奈って知ってるよね？」

まさか目の前にいるこの冴えない男の口から春奈の名前が出てくるなんて、とにかく驚いた。どうやら彼は病院で春奈と出会ったらしく、私に春奈のことを詳しく聞いてきた。

病院で知り合ったのなら、春奈の病気のことをある程度は理解しているのだろう。そのうえで春奈について知りたいだなんて、もしかして早坂は春奈のことが好きなのだろうか、と私は彼を警戒した。

次の日から私は早坂のことを嗅ぎ回った。彼と仲の良い生徒に話を聞こうと思ったが、彼は友達が少ないみたいで情報収集に苦労した。

早坂は美術部に所属しているが、どういうわけか最近は幽霊部員と化しているそうで、実質帰宅部。成績はそこそこで性格はたぶん真面目。自転車に乗っているときに転倒して膝を強打し、しばらく体育は見学中。

彼に声をかけられてから一週間で集めた情報はそのくらい。中学のときのように春奈にふさわしい男であるか見極めようかとも思ったけれど、今、春奈が私を友達だと思っているかどうかもわからない。早坂と春奈のことは気にせずに、私は相変わらずのつまらない高校生活を送ることにした。

しかしその後も、早坂は私の視界にしつこいくらいに入ってきた。

「春奈のお見舞いに行ってほしいんだ」

やがて彼はそう言った。「そのうち行くから」と軽くあしらっても、彼は諦めなかった。

そのうち行く、なんて言いつつも、あともうひと押しあれば行ってやってもいいかな、と私は考えていた。けれど早坂は押しが弱く、彼自身に迷いがあるように私には見えた。

早坂が私の前に現れてから、それまでは忘れかけていた春奈との大切な記憶を思い出すようになった。春奈と一緒に撮った写真を眺めたり、小学生の頃、長続きはしなかったけれど春奈と始めた交換日記を読み返してみたり。

「春奈、元気かな」

春奈が書いた日記を読みながらひとりごちる。会いたいという気持ちはもちろんある。でも、春奈にもう来ないでと言われたし、私も春奈に酷いことを言ってしまった後ろめたさがある。だから私自身も、あと一歩をなかなか踏み出せずにいた。

夏休みに入ると早坂は私のバイト先に二度も顔を出し、懲りずに誘ってきた。仕方なく行ってもいいと答えて連絡先も交換したけれど、諦めてしまったのか、それ以降はしばらく姿を見せなかった。

早坂が再び私の前に現れたのはそれから二ヶ月ほども過ぎた頃。彼は校門を出た私の手を取り、強引にバス停へと連れていった。

「……春奈、もう長くないんだ」

私はそこで初めて、春奈の余命があとわずかだと知った。なにかおかしいと薄々感じてはいた。どうして早坂はこんなにも必死に、私を春奈に会わせようとしていたのか。春奈に頼まれているようでもないのに、なぜいつも切羽詰まったように私に訴えかけてきていたのか。

彼が告げたひと言が、その答えを示していた。

私は混乱したまま春奈が入院している病院に連れていかれ、疎遠になっていた春奈と再会を果たした。そして早坂が見守る中、ふたりで号泣した。

春奈は昔よりも痩せ細っていたけれど、彼女の温かさは変わらなかった。

もう一度春奈に会えた嬉しさと、彼女がもうすぐ死んでしまうかもしれないという悲しみが混ざり合って、感情はぐちゃぐちゃになった。

家に帰ってからも、ひとりでベッドの中で泣いた。どうしてもっと早く春奈と仲直りをしなかったのだろうと自分を責めた。仲直りなんていつでもできると思って過ごしていた傲慢な日々を悔やんだ。

春奈と再会してから私の高校生活は一変した。バイト前に毎回春奈に会いにいき、仲の良かった友人たちの誘いをすべて断り、春奈のためだけに時間を費やした。友達は減ってしまったけれど、そんなことはどうだってよかった。とにかく春奈と一緒にいたかった。

残された時間で春奈になにができるのか、私の頭にはそれしかなかった。

秋の匂いが本格的に漂ってきた十月の初旬。ホームルームの時間に私は手を上げて高らかに宣言した。

「はい！　私がやります！」

学園祭のだし物で私たちのクラスは『白雪姫』の劇をやることに決まっていたが、肝心の白雪姫の配役だけが決まっていなかった。そんなとき、ふと思い立って立候補したのだ。

昨日春奈と病室で話したとき、もうすぐ学園祭があると告げると、春奈は行ってみたいと顔を輝かせて言った。許可が下りるかわからないが、春奈が来るのなら、と思って名乗りを上げた。私が劇で白雪姫を演じて、春奈を楽しませてやろうと。

ほかに立候補者はおらず、私が白雪姫を演じることに決まった。

翌日からは多忙を極め、劇の練習にバイトに春奈のお見舞いに、目まぐるしく日々は過ぎていく。外出許可が下りた春奈に中途半端な劇は見せたくなくて、自分の部屋でも湯船の中でも練習をした。

その甲斐あって劇は大成功を収め、春奈は幸福に満ちた表情で病院へ帰っていった。

「綾ちゃん、すごく綺麗だった。夢中になってたから写真撮り忘れちゃったよ」

「友達が撮ってくれた写真があるから、あとで送るね。それより学園祭どうだった？」

学園祭が終わったあと、春奈の病室に駆けつけた私は、その日のことを遅くまで語り合った。

春奈の幸せそうな顔を見られただけで私は満足で、退屈だった高校生活がようやく始まったのだと錯覚するくらい、春奈と再会してからは充実した日々を過ごせた。

春奈には感謝しかないし、そんな機会を与えてくれた早坂にもお礼が言いたかった。普段彼には強く当たっているけれど、心の中ではいつも敬っていた。

「わたし、綾ちゃんと秋人くんと、三人で出かけてみたい」

春奈がそう口にしたのは、学園祭が終わってから一週間が過ぎた頃。学校が終わったあと早坂と一緒に春奈の病室を訪れ、三人で談笑しているときに春奈がふと思いついたように言ったのだ。

「それができるんだったら私も出かけたいけど、春奈、大丈夫なの？」

「短時間の外出ならできると思う。わたしに残されてる時間があとどれくらいあるのかわからないから、行けるうちに行っておきたいの」

春奈にそう言われてしまうと、私も早坂も彼女を止めることなどできなかった。

春奈はその日のうちに看護師である母親と担当医に相談し、いくらか押し問答があった末に短時間の外出許可を得た。春奈は見るからに体調が悪そうで、もし外出中になにかあったらと思うと不安で仕方がなかった。

「綾ちゃん、聞いてる？」

「え？　ごめん、なんだっけ」

「だから、どこへ行こうかって話だよ」

外出日の前日。その日も早坂と一緒に春奈の病室を訪れ、三人で明日どこへ行くか話し合っていた。私はつい考えこんでしまっていたようで、話を振られたことに全然気がつかなかった。

「春奈はどこへ行きたいの？」

「わたしはふたりが行きたいところに行きたい」

春奈のための外出なのだから、行先は春奈に決めてほしい。けれど彼女は頑なに自分の主張を曲げようとはしなかった。

「じゃあさ……」

決めかねていると早坂が口を挟んだ。彼はベッドテーブルに積まれているスケッチブックを手に取り、広げてみせる。

「春奈が描いた絵の中から行けそうなところに行ってみるってのはどう？」

そこに描かれていたのは、小学生の頃春奈と遊びにいった噴水のある公園の絵。小さい頃の私と春奈の姿も描かれている。春奈は空想画を好んで描いているようだが、実在している場所を描くこともあった。そのほとんどが実際に訪れたことのある場所で、記憶を頼りに描いていると聞いた。

「それ、いいね。春奈もそれでいい？」

「うん！　思い出巡りの旅ってところだね」

旅とは言っても、ほんの数時間程度の短いものだ。全部回るとなると時間が足りないし、昔春奈と行った遊園地なんかは片道二時間以上かかってしまうので難しいだろう。行ける場所は限られてくる。

「早坂にしてはナイスアイディアじゃん。で、どこ回ろうか」

言いながら別のスケッチブックを手に取り、パラパラとめくっていく。相変わらず春奈の絵は写実的で美しい。どこの場所の絵を描いたのか、聞かなくてもわかるくらいに。

　面会終了時間ギリギリまで、時間内に戻れる範囲で行先を話し合った。

翌日のお昼前。春奈は入院着から私服に着替え、車椅子に乗って病院のロビーに下りてきた。鼻には酸素を送る細いチューブが装着されている。春奈は自分で歩きたいと車椅子を嫌がっていたが、長い距離を歩かせるわけにはいかないので彼女の母親も含めて三人で説得し、ようやく納得させることができた。学園祭のときも車椅子を勧めたが、あのときは春奈の母親が折れて使用しなかったのだ。

「じゃあふたりとも、ハルをお願いね。なにかあったら迎えにいくから、すぐに連絡して」

春奈の母親が心配そうに私と早坂に娘を託した。帰りはタクシーで帰ってきなさいと、多めに交通費をくれた。

「わかりました。それじゃあ、いってきます」

早坂が春奈の車椅子を押し、私たちは病院を出る。

最初に向かったのは、私と春奈が通っていた中学校だ。春奈が描いた絵の中にあった一枚。昨日春奈は、もう一度学校に行ってみたいと言ったのだった。

「あったあった。懐かしいなぁ。この銅像まだあったんだ」

校庭に建てられた二宮金次郎の銅像。私はスケッチブックを開き、そこに描かれている金次郎の銅像の絵と目の前にあるそれを見比べる。金次郎が手にしている本の角が欠けていて、春奈の絵はそれもしっかりと再現してあった。

「わあ、本当だ！　懐かしいねぇ」

車椅子に座ったまま春奈は感嘆の声を上げる。中学三年の頃はほとんど学校に来られなかったから、春奈にとっては約二年半ぶりになる。

「学校の中、入ってみようよ」

私がそう提案すると、「勝手に入って大丈夫なの？」と早坂が怪訝そうな顔で訊ねてくる。

「大丈夫。昨日、担任だった先生に許可もらっといたから。職員室に誰かしら先生がいるからひと声かけてって」

「そっか。土曜日とはいえ部活動の生徒とかいるもんな」

早坂は車椅子を押し、スロープを通って昇降口へ向かう。その様子を見て、まず一点プラス、と加点した。私は心の中で、中学のときのように早坂が春奈にふさわしい男であるか評価していた。

「重くない？　大丈夫？」

「全然平気。むしろ軽すぎて心配になるくらいだよ」

「本当～？」

ふたりの仲睦まじい会話を聞いていると自然と笑顔になる。私はいない方がよかったんじゃないかとさえ思えてくる。

「綾ちゃんも早く行こう」

春奈は車椅子から身を乗り出して私を手招きをする。

「うん、今行く」

そうだった。今日は春奈が行きたいと言った、彼女の思い出の場所を巡る三人のプチ旅行だった。三人じゃなきゃ、きっと春奈は満足しない。

私はふたりに駆け寄り、昇降口で来客用のスリッパに履き替えて数年ぶりに母校に足を踏み入れた。

見覚えのある靴箱に廊下。なんとも言い表せないこの校舎の匂いもなんだか懐かしい。春奈も同じ気持ちのようで、目を見開いて周囲を見回していた。

「こういうのって、本当はもっと大人になってからするものだよね」

春奈のそのひと言に、私も早坂もなにも返せなかった。春奈にはもう時間がないから、今しかないのだ。

「大人になってからも来たらいいじゃん。また三人でさ」

その日が来ることが当然だと言わんばかりの軽妙な口調で、早坂は言ってのけた。春奈が振り返り、泣きそうな顔で彼を見上げる。悔しいけど、今のセリフはプラス百点だ。

「……うん、そうだね」

笑顔で見つめ合うふたり。イチャイチャしやがって、と早坂にだけ怒りを覚えたが、彼の言葉に私も救われたので許してやった。

一階にある職員室に寄ってから校内を三人で回る。中学の頃の出来事を春奈と振り返りながらの散策は楽しくて、あっという間に時間が過ぎていく。

「一年の教室に行ってみたい」

校舎の一階部分をすべて見て回ったあと、春奈は階段の方を指さして言った。一年の教室は三階にある。

「春奈、階段上がれる？」

早坂が車椅子の後方から春奈の顔を覗きこんで聞いた。

「うん、大丈夫」

「無理しないでね」

私は車椅子から立ち上がった春奈を支えて、一緒に階段を上がっていく。踊り場で休憩を挟みつつ、手すりを摑んでゆっくりと進む。学園祭のときは問題なく校内を歩いていたみたいだけれど、きっと無理をしていたのだろう。春奈は普段ベッドの上で生活しているし、階段は使わずにエレベーターで移動することがほとんどだ。

たった十数段の階段を上がるだけで息を切らす春奈を見て、彼女の病状の深刻さを改めて実感させられた。

十分以上かけて三階まで上がると、春奈は車椅子に腰掛けて息を整える。一階からここまで重たい車椅子を早坂が運んでくれたのだ。これでまたプラス三点。中学の頃、春奈とデートをした蒼汰は早々に減点の嵐だったけれど、早坂はよくやっている。

「秋人くん、ありがとね」

「軽かったし、全然平気だよ」

そう言いつつ額の汗を拭う早坂。それを春奈に見られまいと思ったのか、すぐに彼女の背後に回り、車椅子を押して歩いていく。

「私たちの教室、こっちだよ」

反対方向に進んでいく早坂に告げると、「早く言ってよ」と彼は方向転換する。春奈には優しいくせに私には当たりが強いな、と思いつつ歩いていくと、かつて私と春奈の居場所だった教室が見えてきた。

一年の頃、私たちは同じクラスで、進級するたびに春奈の出席日数が減っていったのを覚えている。だから春奈には、一年A組の教室が一番思い入れのある場所だったのかもしれない。

「うわぁ、懐かしいなぁ」

春奈は車椅子から立ち上がり、窓際の席に腰掛ける。

「わたし、たしかここの席だった。で、綾ちゃんはわたしの後ろの席だったよね」

「そういえばそうだったね」

当時を懐かしく思い出しながら私は春奈の後ろの席に座る。

二学期が始まってすぐに行われた席替えで、私と春奈は前後の席になったのだ。春奈は休みがちで、私の前の席は空席になっていることが多く、誰もいない前の席を寂しく思っていた記憶がある。

そのときの気持ちがフラッシュバックして、鼻の奥がツンとした。

できることならもう一度あの頃からやり直して、春奈とたくさんの思い出をつくりたかった。卒業式の日、春奈と仲たがいをしていなければもっとたくさんの時間を共有できたはずなのに。

春奈に気づかれないように、後ろの席で滲んだ涙をそっと拭う。早坂は私の涙に気づいたようで、振り返ろうとした春奈を呼び止めた。

「黒板アートってやつ、描いてみようかな」

早坂は教壇に立ち、チョークを摑んで黒板に押し当てた。

「なに描くの？」と春奈が訊ねる。

「なに描こうかな。じゃあ、黒板を鏡にしちゃおう」

早坂はそう言うと、黒板に机や椅子を描いていく。言葉どおり、鏡にした黒板に反射した教室を描いているようだった。

「わたしも描きたい」

春奈は席を立ち、教壇まで歩いて白のチョークを手に取る。私は席に座ったまま完成を待った。時々ふたりの後ろ姿の写真を撮ったりなんかして。

黒板と教室を交互に見ながらふたりは細部まで描き進めていく。

「あとは三浦さんと春奈を描けば完成だから、春奈は席に戻ってよ」

「うん、わかった」

春奈は指についたチョークの粉をポンポンと払ってから、言われたとおり席に戻る。黒板は見事に一年A組の教室内を映しており、残すは私と春奈だけになった。

「よし、こんなもんかな」

どうやら完成したようで、早坂は教壇から下りた。

風になびく真っ白なカーテン。等間隔に並んでいる机と椅子。教室後方の掲示板に貼られたプリントの数々。そして身を乗り出して前の席の春奈に声をかける制服姿の私と、横を向いて笑顔で振り返る同じく制服を着た春奈の絵が描かれていた。

初めて見るふたりの合作に感動を覚える。なによりも絵が美しい。そこに描かれているのはまさしく中学時代の私と春奈だった。早坂はあの頃の私たちを知らないはずなのに、黒板にはたしかに切り取られた青春の一ページがあって、永遠にそこに残しておきたいと思った。

「秋人くんと一緒に絵を描けてよかった」

春奈は自分たちが描いた絵をうっとりと見つめ、満足そうに呟いた。

三人で黒板の写真を撮って、もったいないけれど帰る頃にはしっかりと綺麗にしてから教室をあとにした。

廊下には吹奏楽部の演奏が響いていて、それをBGMに三人とも無言で歩いていく。ここへ来てよかったと思っているのはきっと私だけじゃないだろう。本当はもっとゆっくりしたかったけれど、時間は限られている。

私たちは来た道を戻り、次の目的地へと向かった。


「春奈の記憶力すごいね。ベンチの位置とか木の並びとか、全部完璧だよ」

私は春奈のスケッチブックを開き、公園内を見渡す。そこは昔よく春奈と訪れた公園で、春奈の絵には噴水とその端にあるベンチ、それから園内を取り囲む木々が描かれている。

噴水の中央にある木の形をした彫刻から水が出てくる仕組みになっていて、子どもの頃は夏、水着を着て春奈と一緒に入ったこともあった。春には桜の花が咲き乱れ、お花見スポットとしても有名な公園だ。

「ここの公園、何回も来たことあったから覚えてたみたい。秋人くんは来たことある？」

「あるよ、家族四人で。春奈のスケッチブックを見たとき、この公園だってすぐにわかったよ」

噴水が上がり、霧状の微量の水が飛んでくる。夏だったら涼しいが、今はもう十一月。早坂は水がかからないように着ていたコートを春奈にかけてあげていた。

これも加点対象で、もうカウントするのをやめる。むかつくほど早坂はいいやつで、無理やり粗を探してやろうと思っていたのに一向に見つからなかった。

「春奈、喉渇いたら飲みもの買ってくるから、遠慮なく言ってね」

私も負けじと点数を稼ごうと春奈を気遣う。「ありがとう」と春奈は柔らかい口調で答え、「なんかお姫様になった気分」と困ったように笑った。

「最後にここへ来られてよかったなぁ」

春奈は噴水を眺めながら、そう口にした。

「そんなこと言うのやめてよ。また三人で来られるから、絶対。早く病気治してさ」

「……ごめん、そうだったね」

春奈は俯き、消え入りそうな声で返事をする。ちょうど噴水の水が止まり、辺りはしんと静まり返る。

「……早坂、なんか面白い話してよ」

気まずい空気を払拭しようと雑に振った。すると早坂は、「ええっ」と苦々しい声を発する。

「この前授業中にトンボが教室に入ってきてさ、皆で探してトンボがいなくなったと思ったら、俺の頭に止まってたんだ」

マイナス二点に値する話だったが、春奈が笑っていたので一点減点に留めておいた。

その後私たちは広い園内をゆっくりと回り、春奈の体調を気遣って休憩を挟んだあと、私が持参したサンドイッチを三人で食べた。

春奈は「おいしい」と笑顔を見せたが、食欲がないのかひとつしか食べなかった。代わりに早坂が完食してくれて、「三浦さんがこんな女子っぽいことするなんて思わなかった」と失礼な感想を零したので、軽く頭を小突いてやった。


「ここも懐かしいなぁ。綾ちゃんとも一回来たことあったよね」

公園を出て、最寄り駅から電車に乗って約二十分。私たちが最後に訪れた場所は、春奈のスケッチブックにも描かれていた市内唯一の水族館。春奈が描いたのは華麗にジャンプを決めるイルカの絵だ。イルカの絵で有名なあの画家にも負けないくらいの存在感のあるイルカが中央で飛び跳ねている。

水族館が時間内に行ける範囲にあったので、最後にここへ行って帰ろうと昨日三人で話し合って決めたのだ。

「わたし、イルカが見たい」

「私はペンギンが見たい」

「俺はシロナガスクジラが見たい」

入館してすぐに三人の意見は割れた。薄暗い通路を進むと、いきなり巨大な水槽が見えてくる。

「まだ時間はあるからゆっくり回ろ。ていうか早坂馬鹿なの？　そんなでかいクジラ、水族館にいるわけないじゃん」

「え、そうなの？　じゃあサメでもいいや。サメはいるよね」

「いるよ、ほら」

春奈は入館時に配布されたパンフレットを開き、早坂に見せる。そこにはしっかりとサメの写真が載っていた。

エイやサメ、ウミガメにラッコなど、館内を進むたびに様々な生物に出会えるのが楽しい。春奈も子どものような笑顔で水槽内を優雅に泳ぐ魚たちに目を奪われている。

彼女の瞳にライトアップされた水槽がキラキラと反射して、綺麗だった。

「最後は私が押したい」

一階から二階へと向かうエレベーターの中で、私は車椅子の手押しハンドルを摑んで早坂に言った。

「いや、これは俺の仕事だから」

早坂はハンドルを握り直して拒んだ。

「いや、コバンザメかって。いいじゃん最後くらい、ケチ」

「だめだね。三浦さんじゃ危なっかしい」

喧嘩しないで、と春奈はあたふたする。エレベーターを降りたところでジャンケンをすることになって、結局私がチョキを出して勝った。

不貞腐れた早坂を残して私と春奈はクラゲエリアに進む。目の前には幻想的な世界が広がっており、数種類のクラゲがぷかぷかと泳いでいる。

この場所はよく覚えていた。幼かった私と春奈は、その非日常的な空間を前にしてぽかんと口を開けてクラゲの水槽を眺めていたのだ。あのときはまさか、私が春奈の車椅子を押してここへ来ることになるなんて想像もしていなかった。

春奈の思い出を巡る旅は、私にとっての思い出の旅でもある。昔は春奈がいるところには必ず私もいて、ずっと一緒だった。

二十代になっても三十代になっても、いくつ年を重ねても私たちはずっと一緒なのだとあの頃は疑いもなく信じていた。けれど私たちは、近い未来に離れ離れになってしまうかもしれない。それだけはどうしても信じたくなかった。

「綾ちゃん？　秋人くんが先行っちゃうよ？」

「あ、ごめん」

その場に立ち尽くしていた私は春奈の声で我に返る。今は余計なことは考えず、思いっ切り楽しもう。そう心に決めて、車椅子を押して通路を進んでいく。

次に私の希望のペンギンを見て、最後に春奈が楽しみにしていたイルカショーを観賞してから水族館を出た。

「そろそろ戻らないと。早坂、急ぐよ」

「うん」

春奈を早坂に託し、私たちは早歩きで来た道を戻る。すぐにでもタクシーに乗って病院に向かわないと約束の時間に間に合わなくなってしまう。

駅のタクシー乗り場に着くと、出払ってしまったのか一台も停まっていなかった。春奈は車椅子の上でスケッチブックを開き、自分の描いた絵を見つめている。

「春奈、なんの絵見てるの?」

「ううん、なんでもない」

春奈は隠すようにスケッチブックを閉じて首を横に振った。

一瞬見えたのはオレンジ色に輝く夕日。それはたしか、春奈が描いた海の絵だ。

「この海の絵、ここにも行きたい」

昨日春奈の病室でどこへ行くか会議していたときに、候補に挙がった一枚の絵。時間的に厳しいということになり、諦めた場所だった。

　小学四年の夏休み、亡くなった春奈の父親に連れていってもらったことがあった。滞在時間は三十分にも満たなかったと思う。海に着いた途端春奈が体調を崩し、すぐに帰宅したからだ。あのときの春奈の悔しそうな顔は今でもはっきりと覚えている。海に沈む夕日を見たいんだと春奈は何日も前から楽しみにしていたが、結局叶わなかった。

　ふと顔を上げると、早坂が下唇を噛みしめて春奈が手にしているスケッチブックを見ていた。春奈の後ろにいる早坂も、彼女が海の絵を見ていたのがわかったのだろう。

「楽しかったね、プチ旅行。ふたりとも、今日はわたしに付き合ってくれてありがとね。大満足だよ」

　春奈は私と早坂に笑いかける。たしかに楽しかったけれど、きっと春奈はまだ満足していない。でも、もう帰らないといけない。海は次の機会に行けばいい。次の機会があるのか、わからないけれど。

「春奈、本当に満足してる？」

　早坂が問いかける。

「うん、してるよ」

「いや、してないだろ。海に行きたいって言ってたもんな」

「……行きたかったけど、もう帰らないと」

早坂は腕時計を睨みつけ、逡巡したあとに春奈の正面に回り、しゃがみこんで彼女と目線を合わせた。

「ここからならそんなに遠くないから、行こう、海。ちょっとくらい帰りが遅れたって平気だよ」

春奈は「えっ」と目を丸くする。

「でも、怒られちゃうよ。今日じゃなくても、また今度でもわたしは大丈夫だから」

「今度じゃやだめだ。今行こう」

早坂は力強くそう言うと、車椅子のハンドルを握りしめて駆け出していく。その姿が一瞬、私を強引に春奈の病室に連れていったときの早坂と重なった。

私たちは国道に出て、すぐに見つけたタクシーに飛び乗って海へと向かった。

「あ、お母さんから電話来てる。どうしよう」

乗車して数分後、春奈の携帯に着信があったらしい。春奈は電話には出ず、『少し遅れる。心配しないで』と母親にメッセージを送った。

「全部俺のせいにしていいから。三浦さんと春奈は俺の人質になったって言えば大丈夫だと思う」

「馬鹿じゃないの」

「だめだよ、秋人くん。帰ったら、三人で謝ろう」

そんな会話をしつつ、私たちはタクシーで海に向かい、あの日春奈と見るはずだった夕日を、ついに目の当たりにしたのだった。

数日後、放課後に春奈の病室を訪れた私は、携帯の画面を凝視していた。春奈は体調が悪いのか今日は朝から寝こんでいるらしく、私と早坂がお見舞いに来ても目を覚まさない。

早坂は春奈のスケッチブックを開き、黙って絵を描き始めた。

春奈の思い出を巡るプチ旅行はあのあと、帰宅時間を大幅に過ぎてしまい、私たち三人はこっ酷く叱られた。

「わたしがわがままを言ったせいだから、ふたりは悪くないの」

春奈はそう言って責任を負おうとしたが、すべて話して三人で謝った。春奈の母親は最終的には許してくれたけれど、外出はしばらく禁止となった。

「春奈、起きないね」

黙々と絵を描いている早坂に投げかけると、「うん」と彼は私の方を見ずに素っ気なく返事をする。

私は再び携帯に視線を落とし、ＳＮＳのとある人物のアカウントページを開く。その人物は九十九日以内に死ぬ人間がわかるという有名な予言者で、アカウント名はゼンゼンマン。ドイツ語で死神を意味する言葉らしい。

私も数年前からフォローし、その死神の予言の驚異的な的中率を目の当たりにしてきた。死神に写真付きのメッセージを送ると、寿命が見えた人にだけ返事が来ると言われているのだ。

私は覚悟を決め、死神にメッセージを送ることにした。返事が来なければ、春奈はまだ生きられる。気休めでもいいから安心できるなにかが欲しかった。

『私の大好きな親友です。不治の病に罹り、毎日病気と闘っています。彼女はまだまだ生きられますよね？　嘘でもいいから、そう言ってほしいです……助けてほしいです……』

その言葉と一緒に、先日春奈とふたりで撮った写真を添付してメッセージを送った。送ってからはそわそわと落ち着かなかった。返事が来たらどうしよう、と。

死神とのトーク画面を開きっぱなしにしてしばらくしてから、私が送ったメッセージに既読がついた。その瞬間に心臓が暴れ出し、鼓動がぐんぐん加速していく。

返事が来なければ、春奈は少なくとも九十九日以内には死なない。ドキドキしながら画面を見ていると、吹き出しマークが現れて愕然とした。

この吹き出しマークは、相手が返事を入力しているときに表示される。怖くなった私は死神から返事が来る前に新たにメッセージを送った。

『ごめんなさい。やっぱり聞きたくないです。忘れてください』

そう送って、返事が来ないように死神のアカウントをブロックして画面を閉じる。

胸の鼓動がさらに加速し、呼吸がままならなかった。

「ん？　三浦さん、大丈夫？」

絵を描き終わったらしい早坂が私の異変に気づいて訊ねてくる。

「大丈夫。そろそろ時間だから、帰る？」

何事もなかったように取り繕い、私と早坂は病室を出る。

死神の返信内容は果たしてどんなものだったのか。

その日の夜は、怖くて朝方まで寝つけなかった。


春奈が亡くなったのは、それから約三週間後のことだった。最後の一週間はなかなか意識が戻らず、そのまま春奈は旅立った。

だけど、死ぬ間際に春奈は早坂の名前を呼んだ。私じゃなく、春奈が最後に口にしたのは早坂の名前。どうして私じゃないんだろうって悔しい気持ちもあった。でも、春奈のことを長らく放っておいた私にそんな図々しいことを言う資格はない。

肝心の早坂は、春奈が息を引き取ってから病院に駆けつけた。彼を責める気力もなく、私は延々と涙を流し続けた。

春奈の葬儀は参列者も少なく、小規模で行われた。春奈が希望していたのか祭壇にはたくさんのガーベラが飾られ、棺に入れる別れ花もガーベラが使用された。

春奈に最後のお別れをして、私は泣きながら出棺を見届けた。

「最後までハルと一緒にいてあげて」と憔悴した春奈の母親に言われ、私と早坂は火葬場まで同行した。しかし早坂は耐え切れなくなったのか、春奈が骨になる前に火葬場を抜け出してどこかへ消えた。

「これ、ハルのスケッチブックに挟んであったんだけど、渡しておくね。ハル、綾香ちゃんと秋人くんに宛てた手紙を書いていたみたいなの」

火葬場で待っている間、春奈の母親から手紙を受け取った。手紙といっても、それはスケッチブックの紙を切り取っただけの簡易的なものだった。

「ありがとうございます。早坂にも渡しておきます」

お礼を言ってから誰もいないロビーのベンチに移動し、そこで春奈の手紙を読むことにした。


『綾ちゃんへ。

綾ちゃん、ずっとわたしの友達でいてくれてありがとう。ひとりぼっちだったわたしのそばにいてくれて、綾ちゃんには本当に感謝してます。綾ちゃんがいなかったら、わたしの人生は散々なものに変わっていたと思います。

中学の卒業式の日、酷いこと言ってごめんね。綾ちゃんにはこれ以上迷惑をかけたくなくて、距離を置くつもりでした。でも、今思えばなんであんなこと言っちゃったんだろうって、後悔してる。だってあんなこと言わなければ、もっと綾ちゃんとたくさんの思い出を残せたんだもんね。あのときは本当にごめんね。

いつか素敵な人を見つけて、わたしの分まで幸せになってね。綾ちゃんは美人だし優しいし、絶対幸せになれると思います。天国から、綾ちゃんのことを見守ってるね。

それから最後に、綾ちゃんにお願いがあります。

綾ちゃんは嫌がるかもしれないけど、秋人くんを、支えてあげてください。わたしの最後の願いはそれだけです。綾ちゃん、今まで本当にありがとう。元気でね。春奈より』

手紙には八本のガーベラの絵も描かれていて、後日知ったことだがその花言葉は『あなたの思いやりに感謝します』という意味だった。

家に帰ってから読めばよかったと後悔するくらい、その場で泣いてしまった。私だって春奈にありがとうって言いたいし、ごめんねって謝りたいのに。

私の言葉はもう春奈に届かないという事実が、よりいっそう私を苦しめた。春奈はまだまだ生きられる、まだ死ぬわけがない。ではなく、明日死んでしまうかもしれない、今日死んでしまうかもしれない。そう危機感を持って接するべきだった。

いくつもの後悔が押し寄せて、止めどなく涙が流れ続けた。

春奈の葬儀がすべて終わったあと、私は早坂を呼び出して彼に手紙を渡した。

「ありがとう」とぼそりと呟いて早坂は去っていく。彼の悲壮感漂う後ろ姿を見て、春奈の手紙に書かれていた一文に改めて疑問を抱いた。

『秋人くんを、支えてあげてください』

なんで私が早坂を、と思ったたし、春奈を喪ったショックで人のことなんて考える余裕なんてない、とも思った。

その後、私は何度も春奈の手紙を読み返しては涙を流したが、結局その一文の意味はわからなかった。

けれど年明けに早坂が手術をしたと聞いて、彼が心臓病を患っていることを知った。春奈が手紙に残したあの言葉は、それを指していたのだと悟った。

ただ、そのときは大したことのない軽い病気だと聞いていた。

高校三年生に進級してからは春奈の遺言どおり、それなりに早坂を気にかけるようにした。春奈が亡くなってから接点がなくなって関わることが減ってしまったけれど、廊下ですれちがうたびに視線を向ける。彼は私と目が合うと薄く微笑むだけで、なにか言葉を交わしたりすることはなかった。

　その後早坂は夏休みに入院し、私はそこで初めて彼の病が命に関わる重篤なものだと知った。それでも早坂は、何事もなく無事に高校を卒業した。


「早坂、生きてる？」

　専門学校に進学してから入退院を繰り返すようになった早坂を見舞い、そんな不謹慎な挨拶で私は病室に入る。私と早坂の関係ならこれくらいがちょうどいいのだ。

「生きてるよ」と彼は苦笑する。時々メッセージを送るときにも同様のやり取りをよくするので、私たちにとってはお決まりの挨拶となっていた。

「また来るね。お大事に」

　早坂にそう告げて病室を出る。いつも長居はせず、会話が途切れたら帰るようにしていた。たまに訪れるしんみりとした空気に耐えられなくて。

　それからも私は早坂に何度も会いにいった。ガーベラを持参してお見舞いにいったり、退院したあとはカフェで話をしたり。春奈の話ばかりする早坂に苛立ったこともあった。私は誰からも愛されないのに、春奈は死んでもなお愛され続けている。そう思うと自分が惨めになって、つい早坂に当たってしまったのだ。

亡くなった春奈を今でも大切に思っている誠実な早坂のそばにいるうちに、私はあろうことか彼に恋をしてしまっていた。自分でも気づかないうちに。

　高校生の頃は変なやつだと思っていた。よくわからない理由で私につきまとい、鬱陶《うっとう》しい男だと第一印象はあまりよくなかった。けれどこうして彼と関わっていくうちに気づいた。早坂はいつも誰かのために行動しているのだと。余命わずかな春奈のために。春奈と会わないと後悔すると、私のことも考えて必死に訴えかけてくれた。

　自分だって大変だったはずなのに、早坂は自分の病気を隠して奔走していたのだ。

　春奈が生きているうちに彼を好きにならなくてよかったと今は思う。でも、そんな気持ちを抱くなんて天国の春奈が怒っていないか不安で、この想いは自分の中にだけ留めるようにした。


「私って雨女なのかも」

　夏休みの終盤。早坂は明日退院するそうで、退院してしまうと会う口実がなくなるので最後に様子を見にきた。

　思えば私の人生において、嫌な出来事があった日には雨が降ることばかりだ。中学のとき慶司と別れ話をした日。卒業式のあと春奈と喧嘩をした日。さらには春奈が亡くなった日の朝も小雨が降っていた。この間、早坂と喧嘩をした日だって私は土砂降りの中を歩いて帰ったのだ。そしてまた今日も雨。

「なんかさ、ショッキングな出来事が起こった日に限って雨なんだよね」

「ただの偶然じゃないの？　雨が降ると気分が落ちこんだりする人もいるから、そう思いこんでるだけとか」

「そうなのかな。でも、降水確率がゼロパーセントのときに降ったこともあったし、雲がないのに降ったこともあった。しかも私が生まれた日も大雨だったってお母さんが言ってたし」

へえ、すごいね、と早坂は興味なさげに呟く。一年のうち百日は雨が降ると聞いたことがあるが、それにしても私は雨に降られることが多い。まるで私の心と空がリンクしているかのように。

「俺は雨好きだけどな」

「……雨のどこが好きなの？」

「雨の音を聞きながら絵を描くのが好きなんだ。それにさ、描いた絵に雨を降らせるだけで感情表現ができるところもいい」

言いながら早坂はスケッチブックを開き、一枚の絵を私に見せる。それは病室の窓際に背を向けて立つ少年の絵で、彼は空を見上げているようだった。早坂はその絵の窓の外に何本もの細い線を加えていく。窓に水滴を描き足して、ものの数分で見事に雨を降らせてみせた。

「ほら、これでちょっと悲壮感が増したと思わない？」

「あ、本当だ。悲しい絵になった気がする」

絵の中の少年は背を向けているので表情はわからないが、雨を降らせたことでその絵から受ける印象ががらりと変わった。きっと少年の心は、塞ぎこんでいるのだとうまく想像できた。

「雨ってさ、描くだけで不安や孤独、葛藤とか負の感情を演出できるんだ。でも、これを希望の雨だと捉える人もいるかもしれない」

「雨が、希望なの？」

「うん。雨ってクリーンなイメージもあるし、新たな始まりを暗示しているものだったりするし。それに不安や悲しみを洗い流してくれるっていう考え方もあるから、希望の雨とも言われる」

なるほど、と私は頷く。雨をポジティブなものとして考えたことなど一度もなかったので、そういう捉え方もあるのだなと感心した。

雨の日は髪の毛がうねったり服が濡れたりで嫌なイメージしかなかった。私が外に出る予定のない日だけ降ればいいと思っていた。

そういえば春奈も、雨が好きだと言っていたっけ。

「雨が降ったら好きな人と相合傘とか、一緒にどこかで雨宿りができるでしょ？　雨の日は好きな人と距離が縮まる気がするんだよね」

　中学三年の梅雨の時期。雨続きでうんざりするねと春奈の病室で話したとき、彼女は雨の印象をそう語った。当時ティーン向けの恋愛小説にハマっていた春奈らしい意見だなと思った。その手の恋愛小説ではありがちなシチュエーションだ。

「傘を差して並んで歩いてるとき、照れくさいから顔を隠せるのもいいよね」

　春奈の妄想は止まらない。彼女はさらに、雨の日の思い出を語ってくれた。

「あとさ、雨が降ると皆室内で遊ぶでしょ？　わたしは外で遊ぶの苦手だから、雨が降ると皆と遊べて嬉しかった」

　しんみりとした口調で春奈は言った。春奈は体調を崩しがちで外で遊ぶことを昔から避けていた。雨の日に、そんなふうに内心思っていたなんてなんとも言えない気持ちになる。

「綾ちゃんは雨、嫌い？」

「うーん、どうだろ。普通かな」

　本当は雨なんか大嫌いだけど、春奈の前では口にできなかった。

　早坂と雨の話をしていると、春奈とそんな会話をしたのをふと思い出した。

「草とか花に雨の雫が付着してキラキラ光ってるのも綺麗でいいよね」

私が回顧している間も、早坂は雨の美点を挙げていた。

「たしかに、それは綺麗かもね」

私の嫌いなものを好きだと言った早坂に、さらに興味を惹かれていく。彼と接していると、春奈が早坂を好きになった理由がなんとなく理解できた気がした。

また連絡するね、と言い残して、私は病室を出る。

外はまだ雨が降っていたので、傘を差してバス停まで歩いた。

その日の雨は、どうしてかいつもに比べると心地よかった。


その年の十二月に早坂は亡くなった。穏やかな顔で、私が彼の爪に残した隠しメッセージにも気づかずに。

早坂は亡くなる前に、春奈がこっそり書いていたブログを教えてくれた。

そのブログは春奈が携帯を持つようになってからほぼ毎日更新されていたが、春奈の命日に近づくにつれ更新頻度は減っていた。私と早坂と三人で出かけたあの日のことも記されている。ブログを書いているなんて春奈から一度も聞いたことがなかったので、これにはただただ驚かされた。

私はそのブログの記事を毎日のように読み、そのたびに涙を流すといった日々を過ごしていた。しかし、鍵付きの記事だけはどうしても読むことができなかった。何度もパスワードの解読に挑戦してみては弾かれ、その日の出来事を知ることは叶わなかった。

　早坂が亡くなってからちょうど一年後の命日に、私はようやく春奈のブログの鍵のかかった記事を読むことに成功した。

　泣きながら記事を読み、そこにコメントを残し、もう泣かないで前を向いて生きると誓った。ふたりの分まで、精一杯生きようと。

悲しみの会合

専門学校を卒業し、ネイリストとして働き始めて一年が過ぎた。忙しい毎日を送っているうちに春奈や早坂のことを考える時間は減っていった。

でも、ガーベラの花を見かけたり、はっとするほど綺麗な夕焼け空が広がっていたり、そんなささいなことでふたりを思い出して胸がうずくことがある。

今までそれなりに別れを経験してきたけれど、ふたりとのそれは死別なのだ。もう永遠に会うことができない絶対的な別離。その事実が私の胸を押し潰した。あの日決意したとおり、精一杯生きているつもりだけれど、感情を揺らす波は定期的にやってくる。

「あ、三浦さん久しぶり。遅くなってごめんね」

その日の最後の客としてやってきたのは、早坂の幼馴染みである藤本絵里《ふじもとえり》だ。彼女は私が働くサロンの常連客で、いつも私を指名してくれる。

現在は大学四年生で、日々就職活動に明け暮れているらしい。

「ううん。前のお客さんが長引いちゃって、むしろちょうどよかった」

「そうなんだ。それならよかった」

「今日はどんなデザインにする？」

「そうだなぁ。色は春らしい感じでぇ……」

軽く打ち合わせをして、デザインが決まったところで施術を始める。藤本さんは桜色のマグネットネイルをご所望だ。

「三浦さん、最近どう？」

「どうって、なにが？」

ネイルファイルを使って爪を削りながら聞き返す。入社したばかりの頃は誤って自分の指を削ってしまったこともあるけれど、今はもう簡単な作業だった。

「いや、ほら。恋とかしてないのかなって」

自分の指先に目を落としながら、藤本さんはなにげない口調で言った。

「してないよ、全然。出会いもないし、なんか恋って気分でもないし」

「そっかぁ。三浦さん美人なのに、もったいない」

そんなことないよ、とまた否定して指先にアルミホイルを巻いていく。つい先日浮気をされて恋人と別れたことは話す気になれなかった。

出会いはないといっても、最近はメンズネイルも流行《はや》っているので男性客はそれなりにいる。何人かの常連の男性客に言い寄られてはいるけれど、いつも誘いを断っていた。

「藤本さんは彼氏と順調？」

「あ、うん。順調だよ。お互い忙しくて最近はあんまり会えてないんだけどね」

藤本さんは眉尻を下げて微笑む。彼女の交際相手は、早坂の幼馴染みである村井《むらい》翔太《しょうた》だ。高校生の頃からふたりは付き合っているそうだから、もうずいぶん長いこと交際を続けている。私の薄命の恋愛とは大ちがいだ。

「藤本さんはさ、時々思い出したりする？」

「なにを？」

「その……早坂のこと」

変な話をしているわけではないのに、意図せず私の声は小さくなる。彼女とは月に一回サロンで顔を合わせるが、早坂の話を出したのは初めてだった。

「秋人のこと？　思い出すっていうか、たまに翔太と秋人の話をすることはあるよ。秋人がどうかしたの？」

「や、なんとなく聞いてみただけ。でも、そっか。三人は幼馴染みだったんだよね」

「うん。秋人が生きてたらどんな大人になって、どんな仕事をして、どんな人と結婚してたんだろうって、よく話してる」

藤本さんは目を潤ませて吐息を漏らす。私は彼女の爪にベースジェルを塗りながら相槌を打つ。きっと早坂が生きていたら真面目な大人になって、仕事は美術関係で、春奈に似たおしとやかな人と結婚していたんだろうなと思う。

もし春奈も生きていたら、ふたりは結ばれていたにちがいない。

しんみりとした空気になってしまったので、私は話題を変えて施術を続ける。最近目にしたニュースの話だったり、流行りのドラマの話だったり。

彼女はもう、幼馴染みを喪った悲しみを乗り越えて前に進んでいるのだろう。今を精一杯生きて、希望に満ちた未来に目を向けている。一点の曇りもない笑顔が、私にそう告げていた。

なぜ今になって早坂の話を振ってしまったんだろうと後悔する。

しばらく閲覧していなかった春奈のブログを、つい先日覗いてしまったせいかもしれない。失恋したショックを和らげようと指が勝手にそのブログサイトを開いていた。すべての記事を読み終えると、薄れていた記憶が鮮明に蘇り、私はまた胸を締めつけられるような悲嘆に襲われたのだった。

自ら傷口を広げたようなものだ。せっかくの休日になにをしているんだろうと涙を拭ったが、一度落ちてしまった気持ちはなかなか浮上してこない。仕事中は顔に出ないように気をつけているけれど、先輩や常連のお客さんには見抜かれてしまう。

そして、今日もまた。

「三浦さん、ちょっと疲れてる?」

施術を終えて店先まで藤本さんを見送ると、去り際に言われたひと言に内心ドキッとする。

「そんなことないけど、そう見える?」

にこりと微笑んでみせたが、きっと不自然な笑顔になっているんだろうなと自分でもわかる。

「う〜ん、ちょっとだけね。よかったら今度、翔太も誘って三人でご飯でも行く？」

「……うん、そうだね。時間があったら行こうかな」

また連絡するね、と藤本さんは朗らかに笑って去っていく。薄ピンクに染まったばかりの指先を愛おしそうに眺めながら。

私は彼女の背中を見送ってから小さくため息をつき、閉店作業に取りかかる。なぜだか胸にモヤモヤしたものが残り、作業は一向に捗らない。

早坂が亡くなってから、もう二年が過ぎているのだ。幼馴染みとはいえ、二年も経てば悲しみを克服できて当然なのかもしれない。

彼の妹や両親はどうなのだろう。大切な家族を喪った痛みが消えず、私のように時々思い出しては苦しんでいるのだろうか。

考えてみれば私は、早坂だけでなく唯一無二の親友も亡くしているのだ。きっと受けたダメージは藤本さんの倍だ。

私はそう無理やり思いこむことにして自分の弱さを偽った。この張りぼての虚勢をいつまで張っていられるのか、正直自分でもわからなかった。

胸にかかった靄が晴れないまま一週間が過ぎた。桜が見頃を迎えたというのに、私は地面に落ちた花びらばかり見つめながら歩いている。

ふたりを喪った痛みは時間の経過とともに和らぎつつあるが、ふとした瞬間に思い出してしばらく立ち直れなくなるのだ。今回はいつにも増して長引いている。

仕事の忙しさと相まって、どっと疲労感に襲われる。心身ともに疲弊して、未だに前に進めない自分に嫌気がさす。

この春からひとり暮らしを始めたせいかもしれない。仕事が終わって静寂が強調されたような誰もいない部屋に帰ると、孤独感がいっそう増した。

母とふたり暮らしの家でもひとりでいることが多かったけれど、それとはまったくちがう種類の孤独が待ち受けている。少し前まで母がそこにいた気配と、母が帰ってくるという安心感がこの部屋には欠如しているのだ。

その日、仕事が終わって帰宅すると、郵便受けに数枚のチラシが入っていた。それは珍しいことでもなく、ほぼ毎日のように投函される即ゴミ箱行きの、無駄に装飾されたただの紙切れ。

それらを手に取ってリビングのソファに腰掛け、流れ作業のように一枚ずつ目を通し、ゴミ箱に放る。

その中に、ひと際目を引くチラシがあった。ほかのチラシは購買意欲をかき立てるために目立つ色を用いたり、凝ったロゴを使ったりしているが、その一枚はやけにシンプルだった。

白地に黒一色の、手書きでつくられたものを印刷しただけの簡素な広告。けれどそこには、作成者の切実な思いが込められている気がしてならなかった。

『グリーフカフェおのでら』

チラシの上部に、存在感のある太い文字でそう書かれている。

「グリーフ?」

聞き馴染みのない言葉に思わず呟いてしまう。私が抱いた疑問などお見通しなのか、『グリーフとは』と丁寧に説明書きも添えてあった。

『グリーフとは、深い悲しみ。悲嘆。嘆き。苦悩。とくに愛する人と死別した悲しみを示す言葉です』

まさに今の私を形容するにふさわしい言葉だった。私はそのチラシの続きを興味深く読み進めていく。

『大切な人を喪い、哀しみを抱えるあなたへ。

当グリーフカフェは、あなたの思いを安心・安全に語ることのできる場所です。

喜びは分かち合うことによって倍になり、悲しみは分かち合うことによって半分になる。

この言葉を信念に活動しております。同じ悩みや苦しみを抱える人との交流の場。それがグリーフカフェです。

ひとりで抱えこまず、一度あなたの思いをお話ししてみませんか』

綺麗な字で、私の弱った心に訴えかけるように綴られていた。さらにその下には開催場所や日時、申しこみ方法などが記載されている。

次の日曜日の午後三時からで、場所は最寄り駅から徒歩十五分くらい。私が勤めているネイルサロンは、ちょうど日曜日が定休日だ。

私はもう一度紙面に目を落とす。ここへ行けば、私の沈んだ心は救われるのだろうか。私の抱えるグリーフとやらを打ち明ければ、悲しみを半分にできるのだろうか。

いや、きっと無理だ。悲しみを抱えた人たちが集まってそれぞれの思いを口にする。それでは単なる傷の舐め合いにしかならないのではないだろうか。

気持ちが引っ張られて、結局余計に落ちこむだけ。参加したところで解決には至らないだろうと結論づけたが、その一時間後に私は申しこみのメールアドレスに連絡をしていた。

なにかを期待したわけじゃない。ただ、私の思いを誰かに聞いてもらいたくて、この気持ちに整理をつけたくて申しこんだのだった。

参加費は千円だし、次の日曜日は予定もない。自宅からはそう遠くないし、一回だけ参加してみるのもありだと思った。

ふと、部屋の片隅に鎮座している段ボール箱が目に留まる。この部屋に引っ越してからまだ開封していなかったが、ガムテープを破って中から写真立てを取り出す。

そこに写っていたのは、高校時代の私と春奈、それから早坂の姿だった。たしか学園祭の数日前に病室で、春奈の母親に撮ってもらった写真だ。

春奈は顔色こそよくないものの、ピースサインをつくって愛らしい顔で笑っている。右隣にいる早坂は少し照れくさそうにしながらも、幸せそうに微笑んでいる。春奈の左隣にいる私は、とびっきりの笑顔で当時流行っていた変なギャルポーズを決めていた。

あどけなく、初々しい三人の姿に温かい気持ちになる。その写真立てをサイドボードの上に置いて、しばらくの間、懐かしさに浸った。


次の日曜日は朝から雨降りだった。

午後になっても雨はやまず、傘を差して目的の場所まで歩いて向かう。

例の、『グリーフカフェおのでら』へ。

自宅から歩いて三十分もかからなかった。そこは駅前通りにある、小さなカフェ。店名は『おのでら珈琲店』となっている。

先日ネットで調べたところ、普段は一般的なカフェを営んでいるが、第二、第四日曜日だけグリーフケアを行うカフェへと変貌するらしい。変貌といっても、その時間だけ店を貸し切ってイベントを行うというものだった。

ちなみにグリーフケアとは文字どおり、悲嘆をケアする活動らしい。要するに大切な人と死別して苦しんでいる人をサポートする取り組みだそうだ。全国各地で行われているのだとか。

店の前で立ち止まり、少し躊躇ってから私はぐっと扉を押し開けて入店する。

暖かみのある、木目を基調とした雰囲気のいい店内。ところどころに観葉植物が配置されていて、緑も豊かだ。街中にある小さな森、という印象で少し緊張がほぐれた。

店内の中央のテーブルにはすでに三人の客が座っていた。ひとりは子連れだ。客というより、おそらく今日のイベントの参加者だろう。カウンターの奥には年配の優しそうな女性が立っている。ホームページで見た、店主の小野寺塔子《おのでらとうこ》さんだ。

「いらっしゃい。えっと、三浦綾香さん……でよかったかしら。『グリーフカフェおのでら』の代表の小野寺塔子です」

手帳に目を落としながら彼女は名乗った。はい、と告げると席に案内される。

私のほかに子連れの二十代半ばくらいの女性と四十代ほどのふくよかな女性がひとり。それから三十代後半くらいのジャケットを羽織った痩身の男性がひとり。それぞれ神妙な面持ちで座っていた。

私は小さく会釈をしてから椅子に腰掛ける。小野寺さんはメニュー表を私に差し出し、私はアイスコーヒーを注文する。ちなみにドリンクは一杯無料らしい。

当然だけれどこの時間帯はほかに客はおらず、店内は心地よいジャズだけが流れている。そのおしゃれな空間の中にぽつんと存在する私たちのテーブル席だけ、悲壮感が漂っていた。

「はい、どうぞ」

「あ、ありがとうございます」

アイスコーヒーを受け取り、とりあえずひと口飲む。苦みよりは酸味が強かった。

「本当はもうひとり参加する予定だったんですが、もう時間が来ましたのでそろそろ始めましょうか」

小野寺さんは腕時計を確認してから椅子に腰掛け、いよいよイベントが始まる。より緊張感が増し、胸の鼓動がうるさかった。

「まずはグリーフとはどういうことか、というのを説明していきますね」

小野寺さんは穏やかな口調で話を進めていく。グリーフとはチラシに書いてあったとおり、悲嘆を意味する言葉らしい。グリーフは一般的に死別に伴う悲嘆と言われているそうだが、それ以外にも様々な種類があるのだと彼女は語る。

「死別はもちろんですが、ほかにも病気で余命宣告をされたり、事故で体の一部を失ったり、勤めている会社が倒産したり、そういった心の喪失もグリーフ状態と言えます」

参加者たちは興味深く小野寺さんの話に耳を傾ける。メモを取っている人もいた。

「自分のグリーフの状態に気づくことも大切です。なにが自分を苦しめているのか、しっかりと把握しておくべきだと思います。また、普段は人に話せないこともあるでしょうが、この場では心おきなく安心して話してほしいです。今日、参加していただいたきっかけなど、お聞きしてもよろしいでしょうか」

守秘義務を条件としたうえで、彼女は参加者に話を振る。

小野寺さんが最初に指名したのは、子連れの女性だった。二歳くらいの女の子を抱っこしている。笹本《ささもと》さん、と呼ばれたポニーテールの女性は、咳払いをしてから声を発した。

「はい、えっと、笹本といいます。一年前に主人を病気で亡くしました。それからは娘とふたりで暮らしてます。主人を亡くしてから三ヶ月間は夜も眠れなかったし、なにを食べても味がしないというか、ちょっと記憶が曖昧で……。今は多少元気になったつもりなんですけど、喪失感は消えないままです」

笹本さんは誰とも目を合わさず、俯きがちに言った。娘さんは退屈そうに大きな欠伸《あくび》をしている。

「そうなの。それは辛かったわね」

小野寺さんは彼女に労りの言葉をかける。笹本さんはその後も、時折言葉を詰まらせながら懸命に声を絞り出した。

彼女の夫はなんの前触れもなく自宅で倒れ、そのまま息を引き取ったらしい。当時一歳だった娘さんは、きっと父親のことを覚えていないのだろう。

「今はこの子がいるから、落ちこんでばかりいられないなって頑張れるんです。この子がいなかったらもっと苦しんでいたと思います」

彼女は涙ぐんで娘さんをぎゅっと抱きしめる。子育てに追われているうちは、落ちこむ暇などないのかもしれない。

小野寺さんは次に、四十代くらいのふくよかな女性に話を振った。

「田辺《たなべ》です。私は昨年の秋、中学生の息子を亡くしました。自殺でした。まだ中学一年生だったんですよ。普段は明るくて活発で、とても自殺なんかする子じゃなかったんです。でも、学校でいろいろあったみたいで、あの子が悩んでいたこと、私は気づいてやれなかったんです……」

田辺さんはそこまで話すと、ハンカチを目元に押し当てて泣き崩れた。息子さんを喪ってからまだ半年。胸に残った傷はまだ癒えていないのだろう。

「うん、大丈夫だから。ゆっくりでいいから」

小野寺さんは田辺さんの手を取り、彼女の背中をさすって宥める。

息子はいじめを苦に自殺し、その日から二十キロも痩せたと田辺さんは涙ながらに口にした。その話を聞いて、当時はもっと体が大きかったのだろうなと私は想像する。二十キロも体重が落ちるほどの深い悲しみが彼女を襲ったのだ。

彼女の夫もしばらくは無気力だったそうだが、今はけろっとしていてそれが信じられないと彼女は愚痴まで零した。

「いつまでもめそめそするなって夫は言うんです。酷いですよねぇ」

田辺さんはハンカチで涙を拭いながら小野寺さんに訴えかける。

もしかしたら無理をして明るく振る舞っているのかもしれないですよ、と小野寺さんが優しく諭すが、それはないです、と彼女はきっぱり否定した。

田辺さんが落ち着くのを待ってから、次は隣の男性が話を始めた。

「中村《なかむら》といいます。私は妻と、娘を事故で亡くしました。二年前の春、ふたりは買いものに出かけて、その帰り道にトラックに撥《は》ねられました。娘はまだ小学生でした。最初は涙も出ませんでした。突然のことに、頭が正常に働いてくれなくて。もう二年も経つのですが、昨日のことのように思えてなりません。加害者からはろくに謝罪の言葉もありませんでした……」

中村さんはほかのふたりとは対照的に落ち着いた口調で話し、目頭を押さえた。怒りと悲しみ、絶望に困惑。愛する家族をいっぺんにふたりも喪ったのだ。様々な感情が彼を襲い、今なお立ち直れず悲嘆に暮れているのだろう。

彼はあまりのショックで勤めていた会社を退職し、半年ほど外に出ることもできずに家にこもっていたと話した。最近になってようやく働けるようになったが、誰もいない家に帰るたびに虚無感に苛まれ、眠れない日々が続いているそうだ。

そんなときに偶然『グリーフカフェおのでら』のチラシを目にし、救いを求めて申しこんだのだという。

笹本さんも田辺さんも、彼の話を聞いて同情の涙を流す。彼女たちも家族を喪っているのだから、悲しみに暮れた日々を思い出しているのかもしれない。

私は一刻も早くこの場から立ち去りたい衝動に駆られた。

「じゃあ次、三浦さんいいかしら」

名指しされて、どくんと心臓が跳ねた。私の抱える悩みは、彼女らに比べて小さすぎるのではないかと焦りが生じる。私以外の三人は、大切な家族を喪っているのだ。ただの友人を亡くしてここへ来ました、なんて告げたら、お前の悲しみと一緒にするなと非難されるのではないだろうか。

私は笹本さんのようになにを食べても味がしないなんてことはなかったし、田辺さんのように体重が激減するほどやつれてもいない。それに中村さんのように半年間も引きこもることもなかった。

三人の話を聞いて、気持ちを整理しようなんて軽い気持ちでここへ来てしまったことに恥じらいを感じた。

「三浦さん？　大丈夫？」

「え、あ……ごめんなさい」

言葉に詰まってしまい、参加者たちの視線が突き刺さる。やっぱり、今すぐ帰りたい。

「えっと、私は……その……」

私が言い淀んでいると、小野寺さんが助け船を出してくれた。

「三浦さん、無理して話すことないのよ。今日ここへ来てくれただけでも、私は嬉しいから。きっと辛かったのよね。ひとりで悩んで、苦しんでいたのよね」

その優しい声音にほっとする。その言葉にはすべてを包みこんでくれるような温かみがあった。

私がこくりと頷くと、小野寺さんは話題を変えた。参加者たちの現在の生活を聞いたり、故人との思い出を訊ねたり。私は黙って話を聞いていた。小野寺さんは話を引き出すのが上手で、時折笑顔を見せる人もいた。

イベントが始まってから一時間が過ぎた頃、小野寺さんがしんみりとした表情で語り始めた。

「実は私もね、もう十年以上前のことなんですけど、息子を事故で亡くしてるんです。しばらく立ち直れなくて、そんなときにグリーフケアという活動があることを知って、それに参加して救われたんです」

小野寺さんは参加者ひとりひとりの顔を見て、ゆっくりと話す。彼女の話に、誰もが聞き入っていた。

当時中学三年生だった息子さんは塾の帰り道、飲酒運転の車に撥ねられて亡くなったそうだ。亡き息子のあとを追い、自ら命を絶とうと考えたこともあったという。

「それでね、私も、私と同じように喪失の苦しみに悩んでいる人たちをひとりでも救いたいと思って、この活動を始めたの」

参加者たちは小野寺さんに感嘆の眼差しを向ける。ここにいる人たちは、それぞれ心に深い傷を負っていた。私よりも苦しんでいる人はたくさんいる。

最初に話を振られたのが私じゃなくてよかったと安堵しつつ、でも私だって同じように喪失感にとらわれているのだ、と今になって発言できなかった悔しさが滲んだ。なにも後ろめたさを感じる必要はなかったのかもしれない。

再度話を振られたら包み隠さず打ち明けようと身構えたが、時間が来てしまった。

「今日ここへ来てよかったです。気を遣わせたり暗くなったりしてしまうので普段は友人にも親にも話せなかったんですけど、みなさんのおかげで胸が軽くなりました。同じ苦しみを抱える方と会うことや自分の気持ちを表出することの大切さを改めて実感しました」

唯一の男性参加者である中村さんが最後にそう締めくくり、予定どおりイベントは一時間半で終了した。

笹本さんも田辺さんも、最初に比べると表情が緩んでいて晴れやかだ。チラシに書かれていた『喜びは分かち合うことによって倍になり、悲しみは分かち合うことによって半分になる』という言葉をふと思い出した。

たしかにそのとおりだなと、笑顔を見せて店を出ていく参加者たちを見て思った。

「もう少しここにいてもいいですか？」

不完全燃焼の私はすぐに退店せず、カウンター席に移動して小野寺さんに告げた。

「ええ、もちろん。このあとは通常営業に戻るから、ゆっくりしていって」

小野寺さんはそう言ってテーブル席に残されたグラスを片付ける。ありがとうございます、と私はお礼を述べた。

なにも注文しないのは申し訳ないので、私はハーブティーを注文して先ほどの会合を振り返る。

私と同じように、いや、私なんかよりもっと苦しんでいる人はたしかに存在していた。私は話を聞くだけで会話には入れなかったが、ひとりじゃないんだと励まされた気になった。

それぞれ抱えている問題は解決したわけじゃないけれど、話を聞いてもらうだけでも気が晴れるものなのだろう。そして悩みを打ち明ける相手はきっと、誰でもいいわけじゃない。

私たちは大切な人との死別を経験した、いわば同志だ。安心して話せるし、共感できることも多かった。

ここへ来たときに感じたどんよりとした空気は、帰る頃には霧散していたのだ。この目で見たのだからグリーフケアの効果は疑いようがない。

やはり私も、引け目を感じずに話すべきだったと改めて後悔した。

「どうだった？　参加してみて」

小野寺さんはハーブティーを私の目の前に差し出し、にこりと笑みを見せた。

「ありがとうございます。なんか、新鮮でした。皆、大変なんだなって。私だけなにも話さないですみませんでした」

「いいのよ。強制じゃないんだし、話したくても言葉が出てこないなんてこと、よくあるから」

小野寺さんの優しさに温かい気持ちになる。店内の雰囲気もそうだけれど、彼女の口調が柔らかで心が安らいでいく。

実は、と私は口ごもった理由を彼女に説明した。

「なんだ、そんなことだったの。そういうのは気にしないで。その亡くなったふたりのお友達は、あなたの大切な人だったのでしょう?」

私はこくりと頷く。あの話の流れでは、どうしても切り出せなかった。

「ペットを亡くした人だったり、会社をクビになって落ちこんだりって人も来るから。喪失の形っていろいろあるのよ」

「え、そうなんですか?　私もその人たちと一緒のときがよかったなぁ」

喪失の大きさでランクづけするのはよくないけれど、今日でなければきっと話せただろうなと思った。

恋人に振られた男性も来たことがあると、小野寺さんは困り果てた顔で付け足した。僕の前から消えた彼女は、死んだも同然です、と泣きながら訴えたのだという。

店の扉が開いたのはそのときだった。振り返ると、二十代半ばか後半くらいの男性がどうしてか申し訳なさそうに背中を丸めて入店してきた。髪は短めで背は高く、きりっとした眉毛が特徴的な爽やかな男性だ。

「あの……柏木《かしわぎ》と申しますが、もう終わっちゃいましたよね」

柏木と名乗った男性は店内の中ほどまで進み、恐る恐る小野寺さんに訊ねた。

「あ、柏木さん？　ついさっき終わったところなんです。ごめんなさいね」

「いえ、こちらこそすみませんでした。急用ができてしまって、時間内に来られなくて」

本当にすみませんでしたと、彼はもう一度深く頭を下げる。小野寺さんはなにか思いついたようにポンと手を叩いた。

「よかったらこちらの席へどうぞ。こちらのお嬢さんも参加者のひとりなんだけど、まだ話し足りないみたいで」

私は小野寺さんを見上げる。目を見開いて無言の抗議を示したが、少しならいいかと浮かせかけた腰を下ろした。話し足りなかったのは事実なわけだし。

「じゃあ、失礼します。柏木遼《りょう》といいます。よろしくお願いします」

彼は私の隣の席に腰掛け、小さく頭を下げる。三浦綾香です、と私は名乗った。

柏木さんはコーヒーを注文すると店内をゆっくりと見回し、感嘆の声を漏らす。

「素敵な店ですね」

「そうですね。私もそう思います」

私はハーブティーを口に含み、ちらりと彼の横顔を覗く。雰囲気がどことなく早坂に似ている気がした。

「あの……柏木さんはどうしてグリーフケアに申しこんだんですか？　今日来てた人たちは、家族を亡くした方がほとんどでした」

運ばれてきたコーヒーに口をつけてひと息ついた彼に、私は思い切って訊ねてみた。ほとんどというか、私以外の参加者は皆そうだった。

できれば柏木さんも恋人に振られただとか、友達と喧嘩をしただとか、そういった小さな喪失であってほしいと期待したが、私の望む言葉は返ってこなかった。

「実は五年ほど前に、妻を病気で亡くしたんです。末期の膵臓がんで、入院してからはあっという間でした。もうすぐ五年経つのにいつまでうじうじしてんだって話ですけど、なかなか前に進めなくて」

しんみりとした表情で彼は語る。私はどう返答していいかわからず、とっさに「そうだったんですね、ごめんなさい」と謝ってしまった。

「どうして三浦さんが謝るんですか。ここは、そういう話をする場でしょう？」

柏木さんは薄く笑ってもっともなことを指摘する。そうだった。この場では、気を遣う方が失礼に当たる。

「すみません。そうですよね。なんか、つい聞いちゃいけないことを聞いたような感じがしちゃって。私、なんで謝ったんだろ」

自嘲気味に笑ってごまかすが、顔が熱い。視線を落として気づいたが、彼の左手の薬指には結婚指輪がきらりと光っていた。

「いえ。でも、それが普通の反応なんですよね。ここ以外の場所で同じことを話すと、空気を悪くしたり、相手に気を遣わせてしまったりで。そういうのを気にせず話せると聞いたので、ここへ来たんです」

そう言い終わると柏木さんはコーヒーをひと口飲んで、「おいしい」とぽつりと言った。

そういえば先ほども中村さんが同じことを言っていたなと思い出す。ここ『グリーフカフェおのでら』では、暗い話をしても誰も嫌な気持ちにはならない。好きなだけネガティブな感情を吐き出していいのだ。

「奥さんとはどうやって知り合ったんですか？」

少し躊躇ってから、私は臆面もなく訊ねる。ここは遠慮なく踏みこんでいい場なのだ、と柏木さんが背中を押してくれた。

「妻は、中学の頃の同級生でした。高一のときに僕から告白して、大学を卒業してから三年後に結婚しました。子どもの頃からずっと一緒だったので、妻がこの世にいないだなんてまだ信じられなくて」

彼は明るい口調で笑みを浮かべて口にしたが、無理をして話しているのがひしひしと伝わってくる。初対面だけれど、どことなく笑顔がぎこちなかった。

「長い付き合いだったんですね。奥さんはどんな人だったんですか？」

「んー、とにかく明るい人でした。彼女が弱音を吐いてるとこ、見たことがないです。病気になってからも常に明るくて、逆にこっちが心労で体調を崩すほどでした」

「そうなんですね。奥さん、強い人だったんですね」

　強い人でした、と柏木さんはしみじみと言ってコーヒーを啜る。その後も彼は穏やかな表情で奥さんの話をしてくれた。

　学生の頃は吹奏楽部で、全国大会に出場して準優勝したこと。奥さんは料理が上手で、オムライスがとくにおいしかったこと。出かけるのが好きで、週末になるとたびたびドライブをしていたこと。

　柏木さんは過ぎ去った日々を懐かしむように語り、やがてひと粒の涙を流した。

「なんか涙出てきた」

　言いながら彼は頬に伝った涙を手の甲で拭う。私にはなぜか、その仕草が春奈の話をして涙を流す早坂の姿と重なって見えた。

「僕の話はこのへんにしておいて、三浦さんの話も聞きたいです」

　ふいに話を振られ、私は居住まいを正して彼に向き直る。店内はいつの間にか席が埋まっており、小野寺さんの助けは得られない。

　私は空になったカップを見つめて、自身の喪失を彼に打ち明けた。

高校二年の秋に親友を亡くし、その二年後には好きだった人を亡くしたと正直に告げる。春奈とは幼稚園の頃から一緒で、私は彼女との間でとくに印象に残っているエピソードをいくつか話した。

小学生のとき、通い詰めていた近所の駄菓子屋が潰れてふたりで酷く落ちこんだこと。中学のときに同じ人を好きになってしまったこと。卒業式の喧嘩や高校生になって再会したあとのことまで、時間をかけて彼に話した。

柏木さんは適度なタイミングで相槌を打ってくれて、話していて心地よかった。

「その早坂くんって子の、どういうところが好きだったの？」

春奈の次に早坂の話を始めると、柏木さんは私にそう問いかける。言葉を交わすうちに彼は砕けた口調で話してくれて、ちょっと嬉しかった。

「早坂って、いつも誰かのために行動してたんです。自分だって辛いはずなのに、馬鹿ですよね、本当。気づいたら好きになってたというか、なんか放っておけないやつでした。というか、私と春奈って、好きなタイプが同じなのかもしれないです。結局また同じ人を好きになっちゃってるし」

苦笑しながら言い終えたあと、瞳の端からぽろりと熱いものが零れた。私は気づかれないように涙をそっと指先で拭ったが、反対の瞳からも涙が出てくる。

「これ、よかったら使って」

柏木さんはポケットから黄緑色のハンカチを取り出し、私に差し出した。

「ありがとうございます」

それを受け取り、目元に押し当てる。普段は涙脆い方じゃないのに、今日の私はどうしてか涙腺が緩い。けれどこの涙は決して悲しい涙なんかではなく、少しほっとしたような、安堵の涙と言えるかもしれない。

溜めこんでいた思いや感情を吐き出せたことによって込み上げてきた涙。涙の理由を聞かれたらそう表現する方がしっくりくる。

泣きやんだあとはまるで憑きものが落ちたように心が晴れ晴れとしていた。

「ちょっとすみません」

柏木さんは携帯を片手に席を離れていく。どうやら着信があったようだ。

店内は空席が目立ってきたが、それなりに客は入っている。外はいつの間にか真っ暗になっていて、ずいぶん話しこんでしまったのだなと今になって気づいた。

柏木さんが戻ってきたら、そろそろ失礼しよう。鞄の中から財布を取り出し、会計の準備だけしておいた。

「あ、お代はもう済んでるから」

カウンターの奥から小野寺さんが小声で私に告げた。

「え、どういうことですか？」

「さっき柏木さんがまとめて支払ってくれたのよ」

話を聞くと私がお手洗いに行ったタイミングで彼が会計を済ませたとのことだった。ハンカチまで借りたのに、申し訳ない気持ちになる。

「すみません、僕、そろそろ帰ります」

柏木さんは席に戻ると、腕時計に視線を落として椅子の背もたれにかけていたジャケットを羽織る。

「あの、支払ってくださったみたいで、なんか申し訳ないです」

「ああ、べつに気にしないでください。僕が遅れたせいでこんな時間まで付き合わせてしまったんですから。それに三浦さんのおかげですごくすっきりしたので」

気持ちが晴れたのは私も同じだった。小野寺さんにお礼を言ってから私たちは店を出る。

またお待ちしてます、と小野寺さんはにこやかに頭を下げた。

「僕、車で来てるのでよかったら送っていきましょうか」

店を出ると雨はやんでいて、柏木さんは私にそう聞いてきた。また敬語に戻っていて少し寂しくなる。

「いえ、すぐ近くに住んでるので、大丈夫です」

そうですか、と彼は微笑む。きっと社交辞令のようなものだろう。奢ってもらったうえに家まで送ってもらうなんて、そんな図々しいことはできない。

柏木さんの車は『おのでら珈琲店』のすぐそばにあるパーキングに停めてあった。コンパクトサイズの白のハッチバック。亡くなった奥さんのチョイスだろうか。かわいらしいデザインが特徴的な車だ。

「今日はありがとうございました。今まで誰にも話せずひとりで抱えこんでいたんですが、三浦さんに話を聞いてもらって少し気が楽になりました」

私もです、と言下に答える。彼が来てくれなかったら、私はきっとすっきりしないまま帰宅していたにちがいないから。

「私も柏木さんに話せてよかったです。やっぱりこういうことって、なかなか人に話せることじゃないので」

「そうですよね。僕は次こそは時間どおりに参加しようと思うんですが、三浦さんはどうされるんですか？」

その言葉に思わずきょとんとしてしまう。私は彼に話を聞いてもらって、もう十分満足していたのだ。でも、そう言われるとまだ話し足りないという気持ちもあった。それに彼にハンカチを借りたままだ。洗って返さなくてはいけない。

「私もまた参加します。次は遅刻しないでくださいね」

私がそう言うと彼は頭を掻いて苦笑する。じゃあまた、と彼はひと言残して車に乗りこんだ。

私は柏木さんを見送ってから帰路につく。『グリーフカフェおのでら』はたしか、第二、第四日曜日に開かれるのだ。私は歩きながら鞄の中から手帳を取り出し、足を止めてさっそく二週間後の予定を埋めた。

手帳を鞄の中にしまい、再び歩を進める。

空を見上げると雲の隙間から月がちらりと姿を現していた。

「……綺麗」

月を見たのはずいぶん久しぶりだったかもしれない。思わず見とれて、そう呟いていた。

長いこと曇っていた私の心も、少しだけ晴れたような気がした。

秘密

桜の花びらの大半が散り落ちて、春の終わりが近づいてきた二週間後の土曜日。

その日は早坂の妹の夏海《なつみ》ちゃんがサロンに来てくれた。彼女の高校はネイル禁止だそうで、爪の形を整えたり磨いたり、甘皮を処理したりといった簡単なネイルケアをしにやってくる。

「綾香さん、こんにちは。今日もいつものでお願いします」

夏海ちゃんは入店して私を見つけると、人懐っこい笑顔を見せて朗らかに言った。

そのかわいらしい笑顔を見ると、あのふてぶてしい早坂の妹とは到底思えなくて、つい苦笑してしまう。でも、もしかしたら早坂は春奈の前では夏海ちゃんのように笑っていたのかな、とも思った。私の前でそんなふうに笑ってくれたことは一度もないけれど。

「こんにちは。じゃあ、いつもどおりやってくね」

席へ案内して施術を開始する。

夏海ちゃんは学校での出来事や好きな人の話をしてくれて、私は終始聞き役に徹する。これもいつもどおりだった。

彼女は私と早坂と同じ高校に入学し、この春から三年生になった。どこの大学を目指すかまだ迷っているようで、私は友達が通っている大学の様子など、いくつかアドバイスをしてあげた。

「ねえ綾香さん。お兄ちゃんって高校のとき、どんな感じでした？」

夏海ちゃんは唐突に訊ねてくる。彼女が兄の話をしてくるなんて珍しかった。

「高校のとき？　うーん、同じクラスになったことないから詳しくは知らないけど、積極的に友達をつくるようなタイプではなかったと思うよ」

「あ～、なんかわかります。絵里ちゃんと翔太くんしか家に連れてきたことなかったですし」

「そうなんだ。急にそんなこと聞くなんて、なにかあったの？」

いえ、と夏海ちゃんは首を横に振る。ただ、と俯きがちに言葉を続けた。

「お兄ちゃん、どんな気持ちだったのかなって。私と同じくらいの年で余命宣告されて、学校ではどんなふうに過ごしてたんだろうなって最近考えるんです。私は今、当然のように健康に生きてるけど、それって決して当たり前のことじゃないんですよね、わかんないけど」

ちょうど施術を終えたけれど、私は相槌を打って彼女の話に耳を傾ける。

「お兄ちゃん、辛かったんだろうなって思うと涙が止まらなくなっちゃって。私、あと一年でお兄ちゃんが亡くなった年と同じになるんです。なんかそれが不思議というか、実感がないというか……」

夏海ちゃんの声は尻つぼみに小さくなっていく。彼女も私と同じように、大切な人を喪った悲しみを乗り越えられずにいるようだった。私なんかとは過ごした時間も思い出も、比べものにならないほど多いのだから当然と言えるかもしれない。

私は気の利いた言葉もかけられずに、彼女の手を握ることしかできなかった。

「お兄ちゃんは最初、病気になったことを家族の中で私にだけ黙ってたんです。私には心配かけないようにって。馬鹿みたいですよね。一番辛いのは自分なのに、無理しちゃって」

「……早坂にとって夏海ちゃんは、一番大事な存在だったのかもね」

そんな気休めにもならない言葉しか出てこない。だったらごまかさないでちゃんと話してほしかったです、と彼女は寂しげに言って席を立つ。

「ありがとうございました！」

お礼を言ってくれる夏海ちゃんを店先まで見送る。また来てね、と手を振ると彼女は「はい！」と元気よく返事をして帰っていった。

私は持ち場に戻り、次のお客さんが来るまでの間、作業台を掃除する。

まさか夏海ちゃんが私と同じように喪失の苦しみにとらわれているなんて思わなかった。彼女は常に明るいし、いつも学校や友達の話をしてくれて、悩みなく高校生活を満喫しているように見えた。そんな夏海ちゃんの姿を見て、この子は強い子なんだなと私は常々思っていた。

でもやっぱり、夏海ちゃんも兄の死をまだ受け入れられないでいるのだろう。もしかしたら次に来るお客さんも、その次のお客さんだって……。

人は皆、そうやって心になにかしらのグリーフを抱えて生きているものなのかもしれない。それを表に出さないだけで、いや、表に出す場がなくて自分の胸の中にしまいこんでいるだけかもしれない。

私も夏海ちゃんも、いつか喪失の痛みが消える日が来るのだろうか。でも、この感情こそが故人を悼むことではないのだろうか。

悲しみを乗り越える必要があるのか、私にはわからなかった。

「綾香ちゃん、予約のお客様が見えたよ」

「あ、はい。今行きます」

先輩に呼ばれて答えの出ない思考を振り払う。

私はそうして多忙を言い訳に、今日もまた込み上げてくる感情に蓋をして逃げたのだった。

翌日の午後、私は『グリーフカフェおのでら』へ向かった。柏木さんに借りたハンカチはしっかり洗濯をしてアイロンもかけてある。

それから前回奢ってもらったお礼にクッキーを買った。最初は買うのではなくクッキーを焼こうかと思っていたが、いきなり手づくりのものを渡されたら迷惑かもしれないと思ってやめた。

丁寧にラッピングされたそれを鞄に詰めて家を出る。

甘いものが苦手だったらどうしよう、なんて心配しながら店まで歩くと、『おのでら珈琲店』の前にカジュアルな服装に身を包んだ背の高い男性がいた。外から店内を窺うように覗き、入店するのを躊躇っている様子だ。

なにをしているんだろう、と観察しつつ近寄ると、彼は窓ガラスに反射した私に気づき後ろを振り返る。

目が合い、「あっ」とふたり同時に声を発した。

「……綾香？　だよな」

突然の再会に頭が真っ白になる。なんで彼がここに？　と混乱と焦りが募る。

そこに立っていたのは、中学のときに交際していた木村慶司だった。

私は恐る恐る彼の名を呼ぶ。

「慶司？」

「ああ、やっぱり綾香だ。久しぶり。こんなところでなにしてんの？」

「ちょっとここのカフェに用があったから。慶司は？」

「俺もだよ。いい雰囲気のカフェを見つけたと思ったらなんかのイベントで入れないっぽくてさ。あ、よかったらあっちの店で話さない？　せっかく久しぶりに会えたんだし」

でも、と私は呟いて腕時計に視線を落とす。『グリーフカフェおのでら』の開店時間まであと十分。断ろうか迷ったけれど、彼はもう歩き出していた。

少しならいいかと、私は小野寺さんに『ちょっと遅れます』とメールを送ってから慶司のあとを追った。

「まさか綾香に会えるなんて思わなかった。何年ぶりだろ。綾香は今ネイルの仕事をしてるんだっけ？」

近くにあった別のカフェに入店し奥の席に座ると、慶司はあの頃と変わらない笑顔を見せて言った。彼と会うのは春奈の葬儀以来だ。

「うん、そうだよ。慶司は今なにしてるの？」

彼は偏差値の高い大学に通っていることは前から知っていたけれど、素知らぬふりをして訊ねてみる。

「今は就活生ってやつ。綾香も就活大変だっただろ、きっと」

まあね、と答えてアイスコーヒーを注文する。彼も同じものを注文した。

飲みものが届くと慶司は近況を話した。共通の友人の話だったり、就活の話だったり。お喋りが好きなところもあの頃と変わっていなかった。

「そういえばさっきのカフェのイベントって、どんなイベントなの？　グリーなんとかってやつ」

「ああ。あれはグリーフケアっていって、主に大切な人を喪って悲嘆に暮れている人をケアするイベントだよ」

簡単に説明すると、彼は興味深そうに身を乗り出してくる。

「もしかして綾香、大切な人を亡くしたの？」

慶司に話すべきか迷ったけれど、「春奈だよ」と私は正直に述べた。早坂のことまでは話す気になれなかった。

「あー、春奈ちゃんか。でも、五年前の話だよね。さすがにもう大丈夫なんじゃないの？」

「そりゃあさ、前に比べたらだいぶマシにはなったけど、たまに思い出して落ちこんじゃうんだよね。で、そんなときに偶然あのカフェのチラシを見つけてさ、参加してみようかなって思ったの。こういう話って、普段誰にも話せないから」

早坂はともかく、私と春奈の共通の知人なんてほぼいないに等しくて、誰かと春奈の話をすることが今までほとんどなかった。

慶司は春奈を知る数少ない知人のひとりだ。こうして久しぶりに会えて気兼ねなく春奈の話ができて、実はちょっと嬉しかったりする。

「なるほどね。ふたり、仲良かったもんな」

「まあね。慶司ってさ、春奈のどんなところが好きだったの？」

「それ聞く？」

聞く、と即答すると慶司は頭を掻いて少し気まずそうに口を開いた。

「春奈ちゃんとは中学の入学式で初めて話したんだけど、そのときからずっと好きでさ。優しいしかわいいし、なんか雰囲気も好きだった」

「へえ。それなのに中学のとき四股もしてたんだ。春奈のことが好きなのに」

慶司は心苦しそうに顔を伏せる。

「いや、あの頃はちょっとどうかしてたというか、今思えば自分でもクズだったなって自覚してる。告白されたらなかなか断れなかったんだ」

「ふうん。本命は春奈だったわけだ。春奈と付き合えなくてその寂しさを埋めるためにほかの子と付き合ってたんだね」

そのへんで勘弁してください、と彼は頭を下げる。もう過ぎたことだし、蒸し返す気もなかったので少しいじめすぎたかな、と私は苦笑する。

私の笑みを見て安心したのか、慶司は一度深く息を吐いた。強張っていた表情は弛緩していた。

「実は俺さ、高校の頃春奈ちゃんのお見舞いに行ったときに告って、振られたんだよね。ほかに好きな人がいるからって言われたんだ」

「え、そうなの？　それっていつ？」

「高校二年の、夏休みだったかな。花火大会があって、一緒に見ようって誘ったこともあったけど、先客がいたらしくてそれも断られた」

高校二年の夏休みといえば、早坂が必死に私を春奈の病室に連れていこうとしていた時期だ。きっと春奈が口にした好きな人とは、早坂のことだろう。たしかふたりは春奈の病室で一緒に花火を見る約束をしていたはずだ。

けれど早坂が体調を崩し、ふたりで見ることは叶わなかったと聞いた。まさかそのとき慶司と春奈の間にそんなことがあったなんて知らなかった。

もしかしたら春奈は、私が慶司とのことで傷ついていることを知っていたから、あえて伝えないでいてくれたのかもしれない。

「誰だったんだろうなぁ、春奈ちゃんの好きな人って。聞いても教えてくれなくて」

彼は儚げに呟くと、アイスコーヒーを口に含んだ。私はなにも答えずため息をひとつ零す。春奈の優しさが数年越しに届いて胸が痛くなった。

「春奈ちゃんがそんなに深刻な病気だったなんて知らなくてさ。亡くなったって聞いたとき、めちゃくちゃ泣いたよ。初めてだったよ、あんなに泣いたの」

春奈の葬儀で涙ぐんでいた慶司を思い出す。あのときは私も憔悴していて、彼と言葉を交わす余裕なんてなかった。

その後も慶司は春奈との思い出話を語ってくれた。

中学二年の頃、ふたりで映画を観にいったが、春奈は途中で体調を崩して帰宅したらしい。そのとき渡すはずだった春奈の誕生日プレゼントを今でも捨てられずに保管してあるのだとか。

休日に春奈と図書館で勉強をしたこともあったと彼は話した。私の知らないところでそんな青春っぽいことをしていたなんて思わなくて、話を聞きながらその日のことを想像し、自然と頬が緩んだ。

「あ、やばい。もうこんな時間だ」

話が途切れたタイミングでふと腕時計に目を落とすと、ここへ来てから一時間以上が経っていた。彼もつられて腕時計を見る。

「なんか予定でもあるの？」

「いや、ほら、『グリーフカフェおのでら』に行かなきゃ」

「もう終わってるんじゃない？　せっかくだし、もうちょっと話そうよ」

ごめん、と断ってから私は席を立つ。思わぬ過去の出来事を聞いて、つい夢中で話しこんでしまった。彼も渋々鞄を持って立ち上がる。

私は固辞したが代金は慶司が支払ってくれて、私たちは店を出た。

「ごちそうさま」

「いいえ。また会える？　よかったら今度飲みに行こうよ」

「うん、考えとく」

連絡先を交換してから彼とは別れた。

もう終わっていると思うけれど、私は小走りで『おのでら珈琲店』へと向かう。すぐ近くだったので数分で店に着いた。呼吸を整えてから店の扉を開けると、カウンター席に見覚えのある後ろ姿を捉えた。彼は振り返ると、「あっ」と声を漏らす。

そこにぽつんと座っていた柏木さんに私は小さく会釈をする。カウンターの奥では店主の小野寺さんが洗いものをしていた。

「ごめんなさい。間に合わなくて」

小野寺さんに頭を下げると、彼女は首を横に振って微笑んでくれた。

「いらっしゃい。こちらのお客さんがまだ話し足りないみたいだから、よかったらカウンター席へどうぞ」

小野寺さんは得意げな顔で言って柏木さんの隣の席を指さした。柏木さんは困ったように笑って私に座るように促す。

「なんか、前回と立場が逆転してますね」

着席すると柏木さんが言った。前回は彼が遅れてきて、今の私みたいに気まずそうに入店してきたのだ。

「すぐそこで中学の頃の友人にばったり会ったんです。つい話しこんでいたらいつの間にかこんな時間になっちゃって。もしかして、待っててくれたんですか？」

言い終えて、はっとする。もしちがう理由で残っていたのだとしたら恥ずかしい。

柏木さんはふっと口元を和らげて答える。

「遅れてくると小野寺さんに聞いたので、待ってました。来てくれてよかったです」

「そうだったんですね。待たせちゃってすみません」

「いえ。さっき終わったところだったので」

私はハーブティーを注文し、今日のグリーフケアの様子を柏木さんに訊ねた。

今回の参加者は柏木さんを含めて三人で、ペットを亡くした人と親友を亡くした人が来たと彼は説明した。私が予定どおり参加していれば、本当は四人で開催されていたのだと思うと申し訳ない気持ちになる。

「今日は僕、完全に聞き役に徹してました。親友を事故で亡くした方が話しながら号泣しちゃって、小野寺さんも含めて残りの参加者全員でひたすら彼女を慰めていました」

その女性は話し終えたあと、清々しい顔で帰っていったと柏木さんは目を細める。

思えば前回の参加者たちもそうだった。胸に秘めていた思いを吐き出した参加者たちは、終わった頃には晴れ晴れとした表情で帰っていったのだ。

親友を亡くしたその女性も、今日まで誰にも弱音を吐けなかったのかもしれない。

「はい、どうぞ」

「ありがとうございます」

小野寺さんからカウンター越しにハーブティーを受け取ると、さっそく口をつける。優雅な香りに不思議と気分が高揚していく。

グリーフケアが終わった店内は、次第に客足が増えてきていた。

「あ、じゃあ聞き役に回ってたから本当に話し足りなかったんですね。もしよければ私が聞きますよ」

「いえ、僕は前回三浦さんに聞いてもらったので、満足してます。そんなにべらべら話すようなことでもないですし。今日参加したのは、同じ境遇の人の話を聞いてみたいと思っただけで」

「じゃあ今日は柏木さんのことを聞きたいです」

柏木さんの目を見つめてそう告げると、彼は「僕のことですか」と照れくさそうに笑う。本人に話す気がないのに、亡くなった奥さんの話をずけずけと聞くのは、気が引けた。

趣味だったり好きな音楽だったり、まずは無難なところから聞いていく。彼は時折寂しげな表情を見せるが、私の遠慮のない質問にもしっかりと答えてくれた。

柏木さんは今年三十四歳になるそうで、仕事は電子部品の営業とのこと。若々しい見た目から二十代半ばか後半くらいと見積もっていたが、まさか三十代だとは思わなかった。

「全然見えないです」と正直に言ったつもりだったけれど、彼は「いやいや」と謙遜する。

趣味はドライブだそうで、奥さんが亡くなってからはひとりで遠出することも増えたと儚げに呟いたときは返答に窮した。ここでは気にする必要はないのかもしれないが、やはり故人の話が出ると背筋が伸びる。

私の年齢や趣味、職業なども話し、今日も春奈や早坂の話を彼に聞いてもらった。そして一段落ついたところでお開きとなった。

今日は私が代金を払うと言ったのに、またしても彼が会計を済ませてくれた。『おのでら珈琲店』を出て彼の車の前で足を止める。家まで送ると言われたが今回も断った。

「今日はありがとうございました。お待たせしちゃったし、またごちそうになっちゃって」

「気にしないでください。一応年上なので」

「年上なら、敬語はやめてもらえると嬉しいです」

彼は少し躊躇っていたが、「わかった」と頷いてくれた。

「この間のハンカチと、そのお礼です。甘いもの苦手だったら申し訳ないんですけど……」

私は前回彼に借りたハンカチと、昨日買ってきたクッキーを渡した。

「わざわざありがとうござ……ありがとう。甘いもの好きだから嬉しいよ」

「よかったです。あの……柏木さんはまた参加しますか？」

奥さんの話ができて満足していると彼は言っていたので、もしかしたらもうここへは来ないのかもしれないと思った。

「う〜ん、どうかな。気が向いたら行こうかな。三浦さんは？」

「私は今日参加できなかったので、次も行こうと思ってます。あと、できれば下の名前で呼んでくれたら嬉しいです」

「じゃあ、次からそう呼びます」

また敬語に戻って、柏木さんは私と目を合わせずにそう言った。今のは積極的すぎたかなと口に出してから焦ったけれど、頷いてくれてほっとした。

運転席に乗りこんだ柏木さんに頭を下げると、彼も会釈をして走り去っていった。

私は踵を返して帰路につく。不思議と足取りは軽く、連絡先を交換すればよかったと別れてから気づいた。

　次回もまた会えるだろうかと期待に胸を膨らませながら、私は薄暮の空を見上げた。


　二週間はあっという間に過ぎた。花粉がようやく落ち着いたかと息をつけば、今度は初夏とは思えないほど気温が高い日が続き、あまり体調が優れなかった。

　それでも私は『おのでら珈琲店』へと足を運び、柏木さんに会うことができた。今回は来ないかも、と思っていたけれど、彼は私より先に来ていて一番乗り。職場以外では話し相手がいなくて、と柏木さんは自嘲気味に笑うのだった。

　その日の参加者は私と柏木さんを含めて四人。ほかのふたりは友人同士だったらしく、終始重たい雰囲気にはならなくて肩の力を抜いて参加できた。私はまだ二回目だけれど、一回目に比べて笑顔が多い会となった。

　そのふたりが亡くしたのは小学生の頃からの友人らしかった。まだ三十代と若いのに、癌だったそうだ。ふたりは目に涙を浮かべながら、けれど最後まで笑顔を絶やさずに亡くなった友人の話をしてくれた。

　彼らを見ていると、早坂の幼馴染みの藤本さんと村井くんを思い出した。きっとあのふたりもこうやって早坂の話をしているのだろうなと、想像しながら相槌を打っていた。

一時間半のグリーフケアが終わると、私と柏木さんはまたカウンター席へ移動し、少し話をした。今日の感想だったり、柏木さんのことや奥さんの話だったり。

私は前回遅れた理由を彼に話し、慶司のことも話した。元カレであり、亡くなった親友も彼が好きだったことなども。

その慶司からは連絡先を交換して以降、よく誘いのメッセージが届いていた。私は忙しさを理由に断っていたけれど。

「その爪、自分でやったの？」

話がひと区切りした頃、柏木さんは私の爪を物珍しそうに見つめる。

「自分でやりました。どうですか？」

私は両手を広げて彼に爪を見せる。色鮮やかな花柄のネイル。ネイルサロンには行かず学生の頃からセルフネイルをしている。

「綺麗だと思う。それ、もしかしてガーベラ？」

「そうです。色で花言葉が変わったり、贈る本数でも意味が変わったりして、私の一番好きな花なんです」

「へえ、それは知らなかったな」

私の爪をまじまじと見つめて、彼は呟く。春奈と早坂のおかげで私もこの花が好きになった。

「奥さんはネイルしてなかったんですか？」

「うん、仕事柄ネイルはしてなかったよ」

柏木さんの奥さんはたしか、調理師だったと言っていた。医療の現場や飲食店など、衛生面に配慮しなければいけない職種はネイルが禁止されている場合が多い。

そういったなにげない会話をしつつ、日が沈んだ頃に解散となった。

「よかったら今度、食事に連れてってください」

帰り際、柏木さんの車の前で私は思い切って彼を誘ってみた。さっき会話の中で、いつもスーパーの惣菜を買ってひとりでご飯を食べていると彼は寂しげだったので、そう提案してみたのだ。

「う〜ん、わかった。今度行こうか」

思いのほか反応は薄かったが、彼は首肯してくれた。

連絡先を交換して今日は家まで送ってもらった。ほんの数分程度のドライブだったけれど、彼の運転は丁寧だった。

「ありがとうございました。あとで連絡しますね」

車を降りて柏木さんにそう告げ、私は鍵を開けて誰もいない部屋に入る。郵便受けに溜まっていたチラシを回収してソファに座り、ひと息つく。

自分から異性を誘うなんて、ずいぶん久しぶりのことだった。たぶん、早坂の生存確認と称して彼をカフェに誘って以来。

柏木さんとは話していてすごく楽だった。春奈と早坂の話をしても気を遣うことはないし、彼もまた自分の弱い部分を見せてくれる。

お互いに大切な人を亡くし、包み隠さずなんでも話せる関係。それが心地よくて、もっと彼と話していたい。

こんな気持ちを抱いたのも久しぶりのことで、不思議な高揚感に包まれる。社交辞令ではなく、本当に食事に行けたらいいなと心から思った。

ふいに携帯が鳴り、画面を見ると慶司からメッセージが届いていた。

『次の休み、飲みにいかない？』

用件を伝えるだけの、短いメッセージ。中学の頃、付き合っていたときもそうだった覚えがある。

『行けたら行く』

そう返事を送ると、『それ絶対行かないやつじゃん』とすぐに返ってきた。

次の日曜日。午前中は家事を済ませ、夕方になってから家を出た。今日は第三日曜日なので『グリーフカフェおのでら』はお休みだ。

歩いて待ち合わせの最寄り駅まで向かう。連日の暑さは落ち着き、今日は優しく吹き抜ける風が心地よかった。

「こんにちは。お待たせしてすみません」

駅の構内で待っていると、柏木さんが小走りでやってきた。

「私も今来たところです。って、また敬語になってる」

私の指摘に彼は苦笑いを浮かべる。今日は慶司の誘いを断り、約束どおり柏木さんと食事に行くことになった。彼と連絡先を交換してから毎日のように連絡を取り合い、私はここ数日間ちょっとした恋人気分を味わっていた。

これは恋心ではないはずだ、と自分を納得させていたが、柏木さんの連絡を待ちわびている自分がいて、今日の約束をしてからは仕事も頑張れた。

彼のことがどうしても気になってしまうのは、どこか早坂に似ている部分が少なからずあるから、なんとなく放っておけない気持ちになるだけだと今は思うことにしている。

駅舎を出てすぐのところにある洋食屋に入り、私はビーフシチューを注文し、柏木さんはオムライスを注文した。

「このお店、よく来るんですか?」

「うん、最近は来てなかったけど、昔はよく来てたよ」

亡くなった奥さんとだろうか。気になったがそこまでは踏みこめなかった。

やがて注文した料理が運ばれてきて、写真を一枚撮ってからスプーンを手に取る。

「――それで、私が春奈のために白雪姫を演じたんです」

食事をしながら、私はまた柏木さんに春奈との思い出話を披露した。時折早坂も登場させて。彼は聞き上手で、するすると言葉が出てくる。まだ話していなかったエピソードはなかったか探し、思い出してはまた彼に語る、というのを繰り返した。

「ふたりともまだ若いのに、かわいそうだなぁ」

春奈と早坂は両思いだったと告げると、柏木さんは同情の言葉を漏らす。一般的に見ればその感想はまちがっていないと思う。でも、ふたりのことをかわいそうのひと言でまとめてほしくなかった。

「ふたりは直接自分の気持ちを伝えることはできなかったんですけど、でも幸せだったと思います。限られた時間の中で、精一杯恋をしていました。あれは世界一美しい恋だったなって、私は思ってます」

母のように泣いてばかりの恋や、私がしてきた短い恋とはちがう、純粋な恋をしていた。映画やドラマを観ているような。そんなふたりのことが私は好きだった。

その後は春奈や早坂の話はせず、仕事の愚痴を聞いてもらったり、世間話をしたりでそれなりに会話は弾んだ。けれど柏木さんはどこか浮かない顔をしていて、彼が今どんな気持ちで私と話しているのか読み取れなかった。

なにか大事な秘密を抱えているような、そんな気がしてならない。私のその予感は、すぐに的中することになってしまった。

「実は今日、綾香に話があって」

柏木さんが咳払いをしたあとにそう切り出したのは、ちょうど食事を終えた頃だった。

会話も一段落し、そろそろお開きかなと思っていたまさにそのとき。彼の深刻そうな顔つきと声の調子からつい先ほどまでの楽しい雰囲気は霧散し、途端に緊張が走る。なにか話そうとして躊躇っているような素振りは何度か見せていたので、私は姿勢を正して「なに？」と聞き返した。聞くのが怖くて声が震えてしまう。

柏木さんは気まずそうに顔を伏せ、長い沈黙のあと、やがて口を開いた。

「……今まで言ってなかったんだけど、実は……子どもがいるんだ」

「えっ」

彼が放った言葉が頭の中を駆け巡った。死角から殴られたような衝撃に襲われる。

周囲の賑やかな喧騒が次第に遠ざかっていく。

「小学二年生の娘がいてさ、今は一緒には暮らしてないんだけど……黙っててごめん」

柏木さんは絶句する私にかまわず、目を伏せたまま続ける。返す言葉が見つからなかった。

まさか子どもがいるなんて考えたこともなかった。ていうか、その可能性を少しも考えなかった私が馬鹿だ。夫婦なら子どもがいたってなんら不思議じゃないのに、どうして今まで思い至らなかったのか。

彼はきっと隠していたわけではないだろう。聞かれなかったから言わなかっただけ。でも私の好意に気づいたのか、これは話しておかなければと思ったのかもしれない。

「娘は……凛《りん》は、今は妻の両親と一緒に暮らしてるんだ」

私が黙ったままでいると、彼は話を続ける。娘さんの名前は凛ちゃんというらしい。

そうなんだ、と私はやっと声を絞り出した。

「初めてグリーフカフェに行ったとき、実は凛が熱を出して様子を見にいっててさ。それで時間内に行けなかった」

ようやく打ち明けられてすっきりしたのか、柏木さんは淀みなく語り始める。聞かなかった私が悪いのだから彼を責めることなんてできない。好きになる前の、このタイミングで話してくれただけでも良心的だと思えた。

柏木さんは私の友人であって、大切な人を亡くし、なんでも話せる同志のような存在だ。だから子どもがいようが、なにも問題はないはずだった。

けれど、少なからずショックを受けているのは、やっぱり彼のことを好きになりかけていたからとしか考えられなかった。

動揺を悟られないように、一度水を飲んでから疑問に思ったことを訊ねてみる。

「娘さんとは、どうして一緒に暮らしてないの？」

「……ちょっといろいろあって」

柏木さんは言葉を濁した。そのいろいろを私は知りたかった。

「いろいろって？」

さらに聞き返すと、「綾香には関係ない話だから」と突き放されてしまう。

「関係ないかもしれないけど、私だって――」

「一応伝えておこうと思っただけなんだ。じゃあ、そろそろ帰ろうか」

食い気味に言葉を返され、私の返事を待つことなく彼は席を立つ。それ以上は踏みこんでくるなと言わんばかりの態度で、口をつぐむしかなかった。

「今日はありがとうございました。楽しかったです」

柏木さんは車で来ていたのでまた自宅マンションの前まで送ってもらい、シートベルトを外しながらお礼を述べた。正直言うと楽しかったというより、複雑な気持ちだった。今の自分の気持ちをどう形容していいかわからず、とりあえず無難にそう口にするしかなかった。

「こちらこそ。なんか最後、気まずい空気にしちゃってごめん」

「いえ、全然です。柏木さんはまたグリーフカフェに行きますか？」

「わかんないけど、たぶんまたそのうち行くと思う」

彼はそう言ったけれど、たぶんもう来ないんだろうなと、なんとなくそんな気がした。

「じゃあまた、『おのでら珈琲店』で」

私はそう言い残して車から降りる。本当は娘さんのことを詳しく聞きたかったけれど、あれ以上言い出せなかった。

走り去っていく柏木さんの車を見送ってから、私は肩を落としてマンションの階段を上がった。


それから数日間は柏木さんとなにげないメッセージのやり取りはあったものの、彼の子どもの件に触れることは一度もなかった。話の流れでうまいこと聞き出すというのも考えたが、結局なにも聞き出せないまま胸にもやもやしたものだけが積もっていった。

『付き合って半年になる彼氏に子どもがいることがわかり、別れようと思ってます。同じ人いませんか？』

匿名で誰でも気軽に質問ができる某掲示板サイトを漁ってみると、私と似たような境遇の人がいた。彼女は交際して半年後に打ち明けられたのだから、私よりも辛い思いをしているのかもしれない。

回答欄は同じ境遇の人の体験談や質問者を憐れむ回答、そのくらいで別れるなと叱咤激励を飛ばす人など様々だ。でも、やはりと言うべきか私と同じように好きな人に子どもがいるとわかると、ショックを受ける人が大半らしかった。

子どもが大人になるまで養育費を支払う義務があったり、自分よりも子どもを優先されてしまったりするなど、彼女らの悩みは尽きない。女性だけでなく、彼女と結婚を考えていたが相手に子どもがいるとわかり、翻意しようとしているという男性の回答もあった。

質問者は結局子どものいる彼氏とは別れたそうで、その質問はすでに解決済みとなり、新たにコメントを残すことはできなかった。

その週、グリーフカフェに参加すると柏木さんの姿はなく、今回の参加者はリピーターが多かった。

彼が打ち明けてくれたときの、私の反応がよくなかったのだと反省した。私が無神経にも事情を深く聞き出そうとしてしまったばっかりに距離を取られたにちがいない。

きっともう私とは会ってくれないだろうし、グリーフカフェにも参加することはないのかもしれない。謝ろうかとも思ったけれど、なかなかメッセージが送れないまま時間だけが過ぎていく。

「なんか悲しいことでもあった？」

顔に出ていたのか仕事の休憩中に先輩に心配されてしまった。

「いえ、なんもないです」

そう強がったものの、やっぱり相談すればよかったと家に帰ってから後悔した。


『次の休みの日、会えませんか？』

柏木さんからメッセージが届いたのは、それから数日後のことだった。もう会えないと思っていたので驚きつつ、『次の日曜でよかったら』とすぐに返信した。

週末まで落ち着かないまま仕事をこなし、迎えた日曜日。

彼と最後に会ったのはちょうど二週間前。この二週間いろんなことを考えたけれど、たとえ子どもがいようと彼に対する気持ちは変わらなかった。

あの掲示板の質問にもあったように、思いを寄せている人に子どもがいるとわかったら、身を引く人が多いのかもしれない。でも私は、それだけの理由で彼との繋がりを断とうとは思えなかった。

部屋で携帯を握りしめながら待っていると、『着いた』とメッセージが届いて私は家を出る。私が住んでいるマンションの敷地内に一台の車が停車していた。その車に歩み寄ると、運転席のドアが開く。

「こんにちは。晴れてよかったね」

「こんにちは。そうですね、よかったです」

乗車する前にいくつか言葉を交わし、私は助手席のドアを開ける。しかし、はっとして一瞬乗るのを躊躇った。

前回も乗せてもらったけれど、よくよく考えたら少し前まで亡くなった奥さんがここに座っていたのだと思うと、途端に心苦しくなった。

「ん、どうかした？」

ドアを開けたまま固まる私を見て、柏木さんは首を傾げる。

「ううん、なんでもない」

彼に笑いかけて助手席に乗りこむ。そのとき、後部座席に子どもに大人気のアニメキャラのぬいぐるみがあるのが見えた。この前乗ったときは薄暗かったので気がつかなかった。

きっと娘さんのぬいぐるみだろう。見て見ぬふりをしてシートベルトを締める。

今日は海までドライブに行こうと柏木さんに誘われたのだった。前回食事をしたときにドライブにも行けたらいいねと話していたが、まさか実現するとは思わなかった。

私の自宅から車で一時間程度のところに海水浴場がある。まだ泳ぐには早いが、私も久しぶりに海に行きたかった。

車内には聴き馴染みのあるクラシックが流れている。曲名は知らない。音楽をやっていたという奥さんの趣味だろうか。ルームミラーにぶら下がっている小さな猫のぬいぐるみも、きっと奥さんか娘さんのものだろう。

亡くなった奥さんや娘さんの痕跡が残っているこの車に、私が乗っていいのだろうかと不安になってくる。ハンドルを握る手に視線を向けると、今日も存在を主張するように結婚指輪が光っていた。

「お、海が見えてきた」

柏木さんが声を発し、我に返る。窓の外を見るといつの間にか車は海沿いの道を走っていた。『海水浴場はこちら』の案内板も見えてきて気分が上がってくる。今は難しいことは考えず、気持ちを切り替えて楽しむことにした。

「着いたよ」

柏木さんは車を海水浴場の駐車場に止め、運転席から降りる。シーズンであれば混雑しているが、今は駐車している車は数台しかなかった。

私も車から降り、穏やかな潮風が吹き抜ける砂利道を彼と並んで歩く。駐車場を抜けると足元は砂に変わり、足を取られそうになる。サンダルを履いてきてよかった。

「海に来たのなんて何年ぶりだろう。たまにはいいもんだね」

柏木さんは大きく伸びをして目の前の広大な海を見渡して言った。普段は川や山など、緑が多い場所へドライブに行くと彼が言っていたのを思い出した。

「私も。学生の頃に友達と来て以来です」

この海水浴場は専門学校時代の友人たちと来たことがあった。でも、それよりも鮮明に覚えているのは高校二年の秋。春奈と早坂と私の三人で行ったあのとき。

滞在時間は約十五分。ちょうど夕日が沈んでいく瞬間で、それを見届けてから急いで病院に帰ったのだ。

春奈が亡くなったあと、私は彼女のスケッチブックを何冊かもらった。そこに一枚、海の絵が描かれていた。沈みゆく夕日と、それを眺めている後ろ姿の三人。それ以降のページは白紙で、きっと春奈は最後にあの日の絵を描いたにちがいなかった。

「綾香、大丈夫？　なんか思い詰めた顔してるけど」

柏木さんが私の顔を覗きこんで優しく声をかけてくれる。

「あ、はい。大丈夫です。ちょっと昔のことを思い出しちゃって。柏木さんは奥さんと来たのが最後ですか？」

私は思わずそう訊ねていた。お互いに亡くした人の話を気兼ねなくできるとはいえ、なんでも聞いていいわけじゃない。

とっさに口を衝いた言葉に後悔したが、柏木さんは顔色を変えずに答えてくれる。

「うん、病気が見つかる前に何度も来たよ。海が好きな人だったから」

なんでだろう。自分から聞いておきながら胸が痛む。以前にも同じ感情に陥ったことがあった気がする。

「付き合おうって告白したときも、プロポーズをしたのもこの場所だった。どっちも天気が悪くてさ、成功したんだけど、そのあとに雨が降って。でも今日は晴れてよかったよ」

夕日見られそうだ、と彼は囁く。私はこの既視感の正体にすぐに気がついた。

亡くなった奥さんの話を物憂げな顔で話す柏木さんが、春奈の死後、春奈の話ばかりする早坂と重なって見えたのだ。あのときの私は苛立って早坂に当たっていたけれど、いくらか成長したのか、今は怒りは湧いてこない。怒りよりも、どうしてか焦りの方が勝っていた。

この人に本当に恋をしていいのだろうかという焦燥感。私はまちがいなく柏木さんに好意を抱いている。だからこうして休日にふたりで出かけているのだ。恋愛は得意な方ではないけれど、これまでの経験上それは疑いようがなかった。

元カノを引きずっている男ならまだいい。でも、彼が今でも思いを寄せているのは亡くなった奥さんだ。それに、子どもがいる人との恋愛なんて想像もつかない。

私がそんな訳ありの彼を振り向かせることができるのだろうか。仮にできたとして、その先やっていけるのか自信がなかった。

私と柏木さんは無言で誰もいない砂浜を歩いていく。しばらく歩を進めると遠くの方にカップルらしき人の姿やひとりで黄昏《たそが》れている人、釣り竿を手にしている親子の姿が見えた。

「そろそろ日が沈むから、この辺に座らない？」

ずんずん先を歩いていく柏木さんの背中に、私は声をかける。どうもさっきから彼の様子がおかしい。なにか声を発しようとして、なかなか言えずにいるような。そわそわしているのが伝わってくる。

「うん、そうだね」

柏木さんは砂浜に腰を下ろし、私も彼の隣に座る。

もうじき日が沈む。やっぱり海ではなく、ちがう場所にしようと提案すればよかった。

奥さんとの思い出が詰まった場所だなんて思わなかったから。柏木さんと目が合っても、きっと彼が見ているのは私ではなく、奥さんなのだろう。早坂もそうだった。私と一緒にいても、あいつはもういない春奈のことしか見ていなかった。

「柏木さんって、新しい恋とか……しないいんですか？」

思い切って彼にそう訊ねてみる。たしかこの質問も、早坂にしたような気もする。

「う〜ん、どうだろう。考えたことなかったなぁ」

「でも、もうすぐ五年経つんですよね。柏木さんまだ若いし、この先ずっとひとりっていうのも、寂しいんじゃないですか」

だからといって私と恋をしてほしいってことじゃない。私はまだ、この人を好きになっていいのか迷っているのだ。奥さんを亡くした彼を、支えていけるのだろうかと。

それに彼の気持ちもわからない。十歳以上年が離れているわけだし。

「今はまだ考えられないかな。もうすぐ五年経つけど、そういう気持ちにはなれなくて」

「でも、だからあのカフェに来たんでしょ？　現状を変えたくて」

「そうだけど、べつに恋をしたくて参加したわけじゃないよ」

「それはわかってるけど……」

続く言葉が出てこない。なんだか振られたみたいになっている気がして急に恥ずかしくなった。私だって出会いを求めて参加したわけじゃないのに。

しばらくの間、お互い無言になる。柏木さんは目を細めて徐々に沈んでいく夕日を眺めている。天然の潮騒のＢＧＭがあってよかった。沈黙を掻き消してくれる。

隣にいるのが私じゃなくて、奥さんだったらもっと笑ってくれたのかな、なんて考えてしまう。

初めて付き合った人が亡くなった奥さんだと彼は言っていた。ふたりは中学の同級生で、そのときからずっと一緒だった。

それまでは幸せだったのに、死別という絶対的な別離によってふたりは離れ離れになってしまったのだ。新しい恋なんて、軽々しく口にした自分に腹が立った。

「あ、見て。沈むよ」

柏木さんは水平線を指さす。顔を上げると、水平線にオレンジ色の太陽がちょうど触れたところだった。

夕日は海に溶けるようにゆっくりと消えていく。夕日だけでなく、私の気持ちも沈んだままだ。今日が来るのを楽しみにしていたのに、彼といると奥さんの影がちらついてしまう。無神経なことを言っちゃうし、彼からも私の期待した言葉は返ってこない。

「やっぱ綺麗だなー」

私のすぐ隣で柏木さんが呟く。たしかに綺麗だ。私もなにか喋らなきゃと焦るけれど、発した声が震えてしまいそうで頷くことしかできなかった。

やがて夕日は完全に宵闇に消えていった。空はまだ茜色に染まっていたが、じきに色を失う。

夕日が沈んだのを合図に私は立ち上がる。

「帰りましょうか」

お尻についた砂をはたいて柏木さんに声をかけるが、彼は腰を上げようとしない。

夕日が沈んだあとの残照をただ見つめているだけだった。

「あのさ……この前の話だけど……」

柏木さんは顔を伏せ、言いづらそうに小声でぼそりと言った。

「なに？」と私はもう一度彼の隣に腰を下ろす。この前の話とは、娘の凜ちゃんのことだろうか。

彼はすぐには答えず、波の囁きだけが返ってくる。

「娘の凜のことだけど……。前に綾香がどうして一緒に暮らしてないのか聞いてきたよね。それには理由があって。情けない話なんだけどさ」

うん、と私は彼の話の邪魔をしないように最低限の相槌を打つ。もしかすると今まで誰にもできなかった凜ちゃんの話を、私に打ち明けようとしてくれているのかもしれない。

「凜とは妻が亡くなったあと、数ヶ月間は一緒に暮らしてたんだ。でも、今まで家のこと全部任せっきりだったから、僕、家事とかなんにもできなくてさ。料理もしたことなくてまともなものを娘に食べさせてやれない。掃除も苦手で家の中は散らかりっぱなし。それを見かねた妻の両親に引き取られちゃって」

柏木さんはどこか他人事のように口にする。彼の奥さんが亡くなったのは約五年前。凜ちゃんがまだ三歳くらいの頃となれば、子どもの世話に家事に仕事に追われ、細かいところまで手が回らなかったのかもしれない。

「妻が亡くなってから毎日が忙しくて悲しむ暇すらなかった。凜は毎晩泣いてばかりで本当に大変だった。でも凜が引き取られてからは落ちこむ時間だけが増えていって、あの日、偶然見つけたグリーフカフェに申しこんでみたんだ」

今は娘とは月に数回会うだけになってしまったと、彼は寂寥感を漂わせてそう呟いた。

母親だけでなく、父親とも離れ離れになってしまった凜ちゃんを思うと胸が痛んだ。私も父親とは暮らせなかったけれど、私には母親がいた。しかし彼の娘はそのどちらとも暮らせていない。

「柏木さんは、それでよかったんですか？　娘さんと一緒に暮らさなくて、後悔とかしてないんですか？」

「後悔はしてないよ。僕と暮らしても苦労かけるだけだろうし。祖父母と一緒に暮らした方がきっと幸せになれると思ったから、娘をお願いしたんだ」

「本当にそれでいいんですか？　私が凜ちゃんなら、絶対お父さんと暮らしたいです。

だって、お母さんもいないんだし、きっと凜ちゃんは心細いと思います」

涙目になりながら訴えかける。もし私が子どもの頃、母がいるのに祖父母に預けられていたらと思うと、どうして一緒に暮らしてくれないんだろうって悲しくなるし、もしかしたら私は生まれてきてはいけなかったのかなって考えてしまうかもしれない。

両親と離れて暮らす凜ちゃんのことを思うと、つい感情的になってしまった。

「……大丈夫。凜は妻に似て、強い子だから。わがままとか言わないし、父親がいなくても大丈夫なんだ」

柏木さんがきっぱりと言い切ったので、私はもうなにも言えなかった。無関係の私が意見するなんておかしいし、彼の中で解決していることならなにも問題はない。けれど、どうにもやりきれない思いが胸につかえていた。

「暗くなってきたから車に戻ろうか」

柏木さんは立ち上がり、私に背を向けて歩いていく。私は少し遅れて彼のあとに続いた。

空の色は私の心を表したかのように、漆黒に染まっていた。

僕の大切な人

「奥さんと凜ちゃんの話、聞きたいです」

柏木さんと海に行った帰りの車の中で、私は彼に投げかけた。今まで何度か奥さんの話は聞いたが、凜ちゃんには一度も触れられていなかったので知りたかった。

柏木さんは躊躇いつつも、奥さんと出会ってからのことを語ってくれた。


水田《みずた》玲香《れいか》と出会ったのは、中学二年の夏のことだった。彼女は親の仕事の都合で僕の住む街に引っ越し、同じクラスになった。

転校生が来るらしい、と朝からクラスは賑わっていたが、僕は正直あまり興味がなかった。珍しいのは最初だけで、どうせ皆すぐに飽きて興味を示さなくなる。小学生の頃、この街に転校生としてやってきた僕が言うのだからまちがいない。そっとしておいてやるのが一番なのだ。

担任とともにやってきた少女は、自己紹介を終えると僕の隣の席に座る、なんてドラマチックなことはなくて、遠くの空いている席に腰掛け、周囲に笑顔を振りまいていた。

髪は短めで愛想がよく、誰とでもすぐに打ち解ける活発で社交的な少女という印象で、彼女はすぐに受け入れられた。

モノクロのイラストにちょこんと差し色を加えたみたいに、彼女はクラスではひと際目立つ存在になった。

彼女は吹奏楽部に入部し、翌年には全国大会に出場して準優勝を収めた。もちろん彼女が入部したおかげというわけではなくて、僕の通う中学校は毎年コンクールではいいところまでいっているのだ。詳しいことは知らないが、顧問の先生がとにかくすごい人らしい。

中学では彼女とはほとんど接点がなく、会話をしたのもほんの数回程度。僕と水田玲香が仲を深めたのは、高校に進学して偶然同じクラスになったのがきっかけだった。

クラスの中で玲香が唯一同じ中学出身ということもあって、よく話す仲になった。行きも帰りも同じ方向の電車で、僕たちが意識し合うのにそう時間はかからなかった。

「好きです。僕と付き合ってください」

高校一年の夏休み。僕は海に行きたいと言った玲香を海水浴場に誘って人生初めての告白を試みた。

玲香の長い髪が風になびく。彼女は高校に入ると短かった髪を伸ばし、大人びた女性に変貌していた。

「なぁんか普通の告白だね。もっとこう、感動して泣いちゃったり、あっと驚いたりするような告白がよかったなぁ」

玲香はくすりと笑って僕を揶揄《からか》うように言った。その口調も落ち着いた雰囲気も、同い年とは思えないほど大人びていて、いつも僕をおちょくるのだった。

遼ちゃんは弟みたいでかわいい、と以前ちゃん付けで呼ばれ、僕は恋愛対象ではないのかと焦ったこともある。だから僕は玉砕覚悟で今日という日を迎えたのだ。

このままでは振られると思った僕は、「好きだあああ！」と叫びながら波打ち際まで走り、そのまま海に飛びこんだ。周りは僕たちのような学生や親子連れで賑わっており、彼らの視線が僕に集中する。

彼女好みの奇抜な告白をしなければと焦り、とっさにそんな行動を取ってしまったのだ。

びしょ濡れになって彼女のいる浜辺へ戻ると、玲香は涙を流して笑っていた。

「あははは っ。べつに体を張ってほしいって意味じゃなかったんだけど、でも、ちょっと感動したかな」

「えっと、じゃあ、ＯＫってこと？」

恐る恐る訊ねると、「うん、いいよ」と彼女は頷いてタオルを頭に被せてくれた。

そのタオルの下で、僕は彼女に見つからないように小さくガッツポーズをした。嬉しさのあまりもう一度海に飛びこみたい衝動に駆られたが、代わりにタオルで頭をガシガシ力強く拭いて溢れそうな気持ちを抑えた。

玲香は、海は好きだが泳ぐのは苦手らしく浜辺に座ってただひたすら海を眺めるだけで、僕はひとりで泳いだ。

しかしそのあと雨が降り、結局僕も玲香もびしょ濡れになって帰宅したのだった。


周りの高校生カップルは次々と破局していったが、僕と玲香の交際は順調に進んだ。当時主流だった折りたたみ式の携帯電話で毎日のようにメールを送り合い、僕たちは少しずつ、けれど確実に関係を深めていった。

順風満帆だったとはいえ、一度だけ別れを覚悟した出来事があった。

「ねえ遼ちゃん。吹奏楽部の先輩に映画を観にいかないかって誘われてるんだけど、どうしたらいいかな」

高校二年の秋、帰りの電車で並んで座っていると、玲香は携帯の画面を見つめてそんなことを口にした。

「それ、本田《ほんだ》先輩？」

「そう。なんて断ったらいいかな」

「行ってきたらいいんじゃない、映画くらい。お世話になった先輩なんでしょ？」

僕のアドバイスに玲香は浮かない顔をしていた。三年の本田孝之《たかゆき》先輩は夏のコンクールを最後に引退していたが、吹奏楽部では副部長を務めていた。

彼はトランペットを演奏しており、玲香もまた同じ楽器を担当していて彼女の話にはたびたび本田先輩の名前が出てくる。

本田先輩は楽器全般が得意で、玲香はほかの楽器もよく教わっていたらしい。成績は学年トップで容姿も端麗。文化系の部活に所属していながら運動部の先輩よりもモテていたと玲香から聞いたことがある。

本田先輩は僕と玲香が交際していることは知っているそうだが、以前から頻繁に彼女を遊びに誘ったりしているのだ。そのたびに玲香からどうしたらいいか相談されていたが、僕は行ってきたらいいと毎回答えていた。

本音を言えば行ってほしくない。でも友人の山根《やまね》が恋人を束縛しすぎるあまり振られたと泣いていたし、僕は玲香を信用してもいた。

本田先輩も玲香を後輩として誘っているだけであって、そこに邪《よこしま》な気持ちはないだろうと思っていた。それに先輩の誘いを断るのはあまりよくないだろうし。

「わかった。じゃあ行ってくるからね」

玲香はどこか寂しげに呟いてから本田先輩に返事を打っていた。

次の休日に玲香と本田先輩はふたりで映画を観にいき、ふたりが歩いているところを目撃したらしい山根が僕に報告してきた。

「柏木、落ち着いて聞けよ。俺、昨日本田先輩と玲香ちゃんがデートしてるところを見ちゃったんだけど」

月曜日の朝、山根は声を潜めて青ざめた顔で言った。昨日の夜に彼から大事な話があるとメールが来ていたが、なんだそんなことかと僕はため息をついた。

「知ってるよ、玲香から聞いた。それにデートだなんて大袈裟だって。ただ映画を観にいっただけなんだから」

「え？　知ってたの？　なんで止めなかったんだよ」

「いや、だって本田先輩は吹奏楽部の先輩なんだから、べつに止める必要ないじゃん」

僕がそう言うと、山根は呆れたように薄く笑った。

「いやいやいや。あの本田先輩だぞ？　心配にならないのかよ」

「べつに。だってさ、浮気するなら本田先輩と遊ぶなんていちいち伝えてこないと思うし」

「まあそうかもしれないけどさ。でも俺なら絶対無理だなぁ。玲香ちゃんが本田先輩のことを好きになったらどうするんだよ」

ないない、と僕は顔の前で手を振る。過度の束縛によって振られた山根らしいなと、僕は彼の意見をことごとく否定した。

その日の放課後に玲香から本田先輩と観た映画の話を聞かされたが、とくに変わった様子は見受けられず、やはり嫉妬深い山根の妄想にすぎなかったと心の中で笑った。

その後、玲香は頻繁に本田先輩とふたりで出かけるようになった。本田先輩と遊ぶ約束をするたびに許可を取ってくる玲香に僕は首を縦に振り、むしろ聞かなくていいとまで言った。

そうすると玲香はなぜか機嫌が悪くなるのだった。

やがて年が明け、卒業式が行われた。ついに本田先輩が卒業してくれると安堵していたが、その日の帰り道、玲香は思案顔で僕にこう告げた。

「さっき卒業式が終わったあとに本田先輩に呼び出されて、告白されちゃった。遼ちゃん、どうしたらいいと思う?」

思いもよらぬ言葉をかけられて頭が真っ白になった。玲香は僕の目をじっと見つめて返答を待っている。

「どうしたらいいって言われても、玲香はどうしたいの?」

どうしてその場で断らなかったのだろう、と疑問に思ったが口には出さなかった。

断らなかったということは、おそらく彼女の気持ちが本田先輩に傾いたのだと僕はショックを受けていた。

「わかんないから、遼ちゃんが決めて」

「なんだよそれ。自分のことなんだから自分で決めないと」

「ふたりのことでもあるじゃん。なんでいつもそうやって他人事みたいに言うの？」

玲香は目に涙を浮かべて僕を責める。意味がわからなかった。怒りたいのは僕の方じゃないか。本当に僕のことが好きなら、迷うことなく断るべきじゃないかと彼女を責めたかった。

「ふたり、お似合いだと思うよ。本田先輩が好きなら僕のことは気にしなくていいから付き合えばいいと思う」

僕はもう投げやりになっていた。勝手にしてくれとさえ思った。玲香は両手で顔を覆って泣き出してしまったけれど、僕は「ごめん、バイトあるから帰る」と彼女をその場に残して家に帰った。

その日は、朝まで眠れなかった。

学校は春休みに突入したが、あれから玲香とは連絡を取っていなかった。何度も電話やメールを送ろうとしたけれど、文面が浮かばずなにもできずにいる。

春休み終盤に山根が服を買いにいきたいと言うので付き合ってショッピングモールに出向くと、偶然玲香と鉢合わせた。彼女も友人と一緒だった。

一度は素通りしたものの、僕は山根に断りを入れてから引き返し、玲香に声をかける。

「あの……」

恋人なのに緊張して声が震えた。いや、もしかしたらもう僕の恋人ではないのかもしれなかった。

「あ、遼ちゃん」

玲香は振り返ると気まずそうに顔を伏せた。彼女は友人に声をかけると、「あっちで話そう」と僕の手を取ってフードコートへ向かった。

適当に飲みものを購入し、向かい合って座る。

コーラで喉を潤してから、僕は思い切って玲香に訊ねた。

「あれ、結局どうなったの？」

「……あれって？」

言わなくてもわかると思うのに、玲香は素知らぬ顔でそう聞き返してくる。

「だから、本田先輩のやつ」

ああ、と玲香はウーロン茶をひと口飲んでから答えた。

「ごめん。実はあれ、嘘なの」

「え？　嘘？」

ごめん、と玲香は再度口にして、顔の前で手を合わせた。

「どういうこと？　なんでそんな嘘をついたの？」

僕が詰問すると、玲香は肩をすぼめて口を噤む。僕を揶揄うのは彼女にとって日常茶飯事だが、人を傷つけるようなことはしないはずだ。なにか理由があるのだと思った。

「だって遼ちゃん、本当に私のことが好きなのかわからなかったから」

人差し指を合わせ、いたずらが見つかって叱られた子どものような仕草で玲香は言った。いつも優位に立っている彼女が動揺する姿は初めて見たかもしれない。

玲香に詳しく話を聞くと、どうやら僕の気持ちがわからなくなって本田先輩に相談し、僕を嫉妬させてみてはどうかと提案されたらしかった。

単純な玲香は迷うことなくそれを実行に移し、僕に本田先輩と遊んでもいいかと何度も聞いてきた。しかし僕は嫉妬どころか興味を示さず、むしろ背中を押すばかりでやはり気持ちが離れてしまったのだと玲香は思ったらしい。

ふたりで頻繁に会っていたのも嘘だと彼女は白状した。実際に会ったのは数回程度で、ただ僕のことで相談に乗ってもらっていたのだそうだ。映画も本当は観ていなかったらしく、ネットでネタバレを読んで僕に告げたのだとか。

そして卒業式の日に最後の一手として、本田先輩に告白されたと彼女は口にしたが、またしても不発に終わった。

「そうだったんだ。軽く嫉妬はしてたけど、まさか嘘だとは思わなかった」

「え、嫉妬してたの？　いつ？」

「最初から。でも相手は部活の先輩だし、行かないでほしいって言うのも女々しいと思ってずっと黙ってた」

「言ってよ～」

と玲香は頭を抱える。山根の失敗談を聞いたあとでは、彼女の行動を制限するようなことはとてもできなかった。

「私のこと、どうでもいいのかと思ったじゃん」

「そんなわけない。でも、嘘ならよかった。安心した」

安堵の息を漏らすと、玲香はきょとんと目を丸くする。さっきまで怯えたように肩を縮めていたというのに、今度はなんだろうと僕は首を捻る。

「え……怒らないの？」

「怒る？　なんで？」

「なんでって、だって私……遼ちゃんを試すようなことをしたんだよ？」

僕の顔色を窺うように、玲香は上目遣いで言った。

「ああ。でも、言われてみたら僕も悪いなって思ったから」

「どのへんが？」

「やっぱり素直に止めるべきだったなって。玲香を不安にさせなければそんな嘘をつかせることもなかったわけだし」

山根の言葉を聞き流した僕がいけなかったのだと、今になって悔やんだ。僕は山根みたいに普段から愛情表現を積極的にするタイプではないし、なるべく玲香の私生活には口出ししないように心がけていた。

そのせいで僕は玲香を不安に陥れ、こんな事態に発展してしまったのだ。僕がもう少し玲香に向き合っていればすれちがうこともなかった。

「ぷっ」と玲香は突然口元を押さえて笑い出す。

「なにがおかしいのさ」

「だって絶対私が悪いのに、遼ちゃんが悪いみたいになってるから」

「いや、僕が悪いよ。次からは不安にさせないようにするよ」

僕はてっきり玲香はもう本田先輩と交際しているのではないだろうかと思っていたのだ。怒るよりも鬱屈していた心が晴れ、胸が軽くなるのを感じていた。

「遼ちゃんって今まで生きてきて怒ったことある？　中学の頃から遼ちゃんのこと知ってるけど、私、遼ちゃんが怒ってるところ見たことないかも」

「あるよ、怒ったことくらい」

「いつ？　どんなとき？」

玲香は興味津々といった様子で身を乗り出して聞いてくる。怒ったときのエピソードを披露してやろうと過去の記憶を辿る。しかし、それらしい出来事をすぐには思い出せなかった。

「やっぱないんだ、怒ったこと。今回みたいに、私がよくないことをしたら怒っていいんだよ？」

「怒られたいんだったら、もっと僕が怒るようなことをしないとだめだよ」

それってどんなこと？　と聞き返されて言葉に詰まる。

「うーん、僕より先に死んだら怒る……と思う」

「あははっ！　なにそれ。本当遼ちゃんって面白いね」

玲香は口に含んだウーロン茶を噴き出しそうになるのを堪えながら笑った。なにも思いつかなくてとっさにそんな言葉が口を衝いて、顔が熱くなる。僕より先に死んだら怒るってなんだよ、と自分で言ったのに僕もつられて笑ってしまう。

「遼ちゃんより先に死なないように頑張るね」

玲香は笑いながらそう言って、またウーロン茶を口に含む。そして思い出し笑いをしたのかまた噴き出しそうになって必死に堪える。

それを見てなんだかおかしくなって、僕も声を上げて笑った。

玲香と仲直りをして僕は山根と合流し、彼に頭を下げた。お前の言うとおりにすればよかったよ、と。

「だから言っただろ～」とご満悦の山根とショッピングを再開し、僕はその日、なんとか破局の危機を乗り越えたのだった。


季節は巡り、玲香と出会ってから五度目の春がやってきた。僕たちはあのあと、危なげなく順調に交際を続けていた。

高校を卒業後、僕は大学に進学し、玲香はかねてから調理師を目指していたので専門学校に進んだ。中学、高校とほぼ毎日一緒だったが、それぞれ進学してからは会う回数は当然ながら減ってしまった。でも、より頻繁に連絡を取り合うようになり、毎週末必ず顔を合わせるようにしていた。

自宅が近所なのでどんなに忙しくても会うことは苦ではなかった。

「うわぁ。これ遼ちゃんの車？　かわいいじゃん」

高校を卒業してから初めての夏。運転免許を取得した僕は廃車寸前のボロボロの軽自動車で玲香を自宅まで迎えにいった。母が新しい車を購入したので古いやつを僕がもらったのだ。

僕が子どもの頃から乗っている車で、ところどころ傷やへこみがある。こんな車で迎えにきて申し訳ないと思いながらも、これからは玲香といろんな場所へ行けるぞ、とわくわくしていた。

「安全運転でお願いします」

玲香は助手席に乗りこむとシートベルトをしっかり締めて朗らかに言った。

「それは心がけるけど、免許を取ってから人を乗せるのは初めてだから、事故ったらごめん」

「私、電車で行こうかな」

軽口を叩きつつ、慎重にアクセルを踏みこんで車を走らせる。玲香が僕たちの初となるドライブデートに選んだ場所は、僕が玲香に告白をしたあの海水浴場だった。

あれから夏が来るたびにふたりで一緒に訪れていたが、車で向かうのは初めてだった。

「遼ちゃん、運転上手だね。めっちゃ無言になってるけど」

しばらく進んで赤信号で停車すると、玲香は僕の顔を覗きこんで笑う。出発前は余裕をかまして軽快にあんなことを口走ったが、玲香を乗せて事故を起こすわけにはいかないと緊張していた。

手汗でハンドルを握る手が滑るし、肩に力が入って今にもつってしまいそうだ。会話をする余裕すらなかった。

「大丈夫。全然焦ってないから」

「いや、焦ってるじゃん。写真撮っとこ」

僕は目線だけ玲香に向けてぎこちないピースをする。青信号に変わるとゆっくりとアクセルを踏み、徐々に車は加速していく。しかし先ほどから後続車に追い抜かされてばかりで、焦りは募る一方だった。

「時間はあるんだし、ゆっくりでいいからね。リラックスしていこう！」

玲香に励まされながら時間をかけて目的地まで向かう。これなら電車で来た方が早かったなと落ちこんだけれど、玲香はいつになく楽しそうだった。

海水浴場に到着したのは昼過ぎで、通常であれば一時間で来られるところを二時間近くかかってしまった。途中で二度も道に迷ったせいで大幅にロスしてしまったのだ。それでも玲香は楽しそうで、冒険してるみたいだね、と人の気持ちも知らないで呑気に笑うのだった。

「楽しかったね、ドライブ。帰りも安全運転でお願いね」

車から降りると玲香は僕の背中を叩いて破顔する。すでに疲労困憊の僕は引きつった笑顔で応えるだけで精一杯だ。

浜辺まで歩き、海の家で遅めの昼食を済ませて波打ち際を散歩し、日が傾いてくると砂浜に腰を下ろして休んだ。周りは夏休みの学生がほとんどで、歩いても歩いても静かな場所は見つからなかった。

「また来年も、その次も、そのまた次も、毎年ふたりで来ようね。おじいちゃんおばあちゃんになっても、ね」

どこか遠くを見つめながら玲香は言う。彼女の長い髪が潮風に揺れる。

僕も今、同じことを思っていた。

「うん、もちろん。でもそんなに海が好きなら、泳ぐ練習したら？」

運転中に僕を揶揄った仕返しにそう指摘してやると、玲香は「考えとく」と髪の毛を耳にかけて微笑んだ。


ボロボロだけれど車を手に入れた僕は、その後も玲香とあちこち遠出をしてドライブに興じた。僕はもともとインドア派だったが、その頃には玲香のおかげで外へ出るのも悪くないと思えるようになっていた。

車の運転は回を重ねるごとに慣れてきて、ドライブ中の会話も難なく楽しめるようになった。そのうち玲香も免許を取得し、時々彼女が運転してくれることもあった。初心者なのに彼女のハンドル捌きはスムーズで、揶揄う余地もなかった。行きは僕で帰りは玲香がハンドルを握る。そんな日もあった。

そうして玲香は無事に専門学校を卒業し、市内のビジネスホテルの調理スタッフとして働き始めた。

僕は何度か玲香の手料理を食べたが、お店で食べる料理と遜色がなく、どれも絶品だった。

いずれは独立してレストランを開きたいと玲香は常々周囲に公言していた。いつか自分の子どもとその店で働くのが夢なのだと。夢は口に出せば叶うのだと玲香は昔からよく言っていた。

そのときが来たら、もちろん僕が最初の客ね。そう約束をして僕は彼女を応援していた。

彼女が仕事に就いてからは車で遠出をする機会も減ってしまったが、充実している様子の玲香を見て僕も頑張ろうと励まされた。

山根を誘って玲香が働いているホテルのレストランに何度か行ったこともある。玲香は調理場で作業をしているため顔を見ることはできないが、これは玲香がつくったのかな、なんて想像しながら料理を堪能した。


「僕と……結婚してください」

僕はその日、玲香と夏の恒例行事となった海水浴場を訪れ、婚約指輪を手に彼女にプロポーズをした。天気が悪いせいで周りに人は少なく、今が絶好の機会だと判断したのだ。

僕は大学を卒業後、大手の電子部品メーカーに就職し、すでに三年が経過していた。そろそろ結婚したいと以前から周囲に話していたが、口を揃えてまだ早いだろうと一蹴された。けれど僕も玲香も結婚は早い方がいいよね、とお互いに意見は一致していたのだ。

プロポーズは絶対この場所でするのだと何年も前から決めていた。玲香との思い出がたくさん詰まったこの砂浜で。

玲香は僕の目を見たあと、物憂げな顔で俯いてしまった。つい先ほどまであんなに楽しそうに笑っていたというのに。

まさかまだ早かったのだろうかと僕は首筋に汗をかいた。

もしかして、とそこでふと思い出したことがあった。

「普通のプロポーズだね」とか、「もっと感動して泣いちゃうようなプロポーズがよかった」とか、そう言ってくるのではないだろうか。

高校生の頃、僕が玲香に告白したときもそうだった。あのときは慌てて海にダイブして告白は成功したが、今回もそうなのかと勘ぐった。

婚約指輪のケースを開けたり閉めたりしてあたふたしていると、玲香は「ふふっ」と口元を押さえて笑った。

「揶揄ってごめん。ＯＫだよ。よろしくお願いします」

玲香はとびっきりの笑顔を見せ、僕を包みこむように抱きしめてくれた。僕は戸惑いつつも彼女を抱きしめ返す。玲香はこういうやつだったなと、長い付き合いなのに見抜けなかった自分が悔しいと同時に、プロポーズを受け入れてくれたことに安堵して力が抜けていく。

「こんなときにも揶揄うなんて、やられたよ」

「ごめんごめん。遼ちゃんの反応がいつも面白いからいけないんだよ。それにさ、やっぱり怒らないんだね」

言いながら玲香は僕を力強く抱きしめる。いっそのこと怒ったふりをしてやろうか、と企んだがもう遅かった。

雨も降りだして格好もつかないプロポーズになってしまったけれど、今まで玲香と過ごした中で一番幸せな夜になった。

プロポーズをしてからはあっという間だった。お互いの両親に挨拶を済ませ、新居もすぐに見つかった。結婚式は籍を入れてから半年後に行い、親族や友人たち、上司や同僚も僕たちの門出を盛大に祝福してくれた。

なによりも周囲を一番驚かせたのは、結婚式後に玲香が妊娠したことだった。誰もが子どもはまだ先だろうと思っていたらしく、けれど皆一様に自分のことのように喜んでくれた。

生まれてきた娘は凜と名付けた。玲香がずっと前から決めていたそうで、僕もその名前をとても気に入った。

職場では後輩も増えてきて中堅社員としての役割や立ち居振る舞いを求められるようになってきたが、僕はそつなくこなしていった。

上司からは期待されて部下には頼られて、家に帰れば愛する妻と娘が僕の帰りを待っていてくれている。

ボロボロの軽自動車は乗り換えて、玲香好みの新車を購入した。凜の好きなアニメのぬいぐるみを後部座席に置いて、三人でドライブに出かけて何枚も写真を撮り、それをSNSに載せるとたくさんいいねがついた。

僕の人生は疑いようもないほどになにもかもが順調だった。こんな幸せな毎日が、これからもずっと続くのだろうと僕は思っていた。

しかし、その考えは甘かった。

悲劇が訪れたのは玲香が仕事に復帰してから一年が過ぎた頃。凜は三歳になったばかりだった。

「遼ちゃん。私、癌だって」

その日仕事が終わって帰宅すると、玲香が「おかえり」と言ったあとに前触れもなく僕にそう告げた。声音は普段と変わらないし、茶碗に白米をよそいながらする話でもないので面食らう。

聞きまちがいかと判断し、僕は聞き返した。

「ん？　もう一回言って」

「だから、私、癌だって言われた。末期の、膵臓の。リンパ節や肝臓にも転移してるらしくて」

玲香は悠然とした態度でテーブルに料理が盛られた食器を並べていく。彼女の放った言葉の重みとその異様な落ち着きがあまりにも対極すぎて、理解が追いつかなかった。

この感覚は過去に何度も味わったことがあったので、僕は瞬時に思考を切り替えた。

「あ、わかった。また揶揄ってるんだな。疲れてるからやめてくれない？　しかもちょっと趣味が悪いよ、それ」

ため息交じりに一蹴するが、玲香は表情を変えずに僕をまっすぐ見つめている。いつもならすぐに戯《おど》けるはずなのに、今日は様子がちがった。

「私も信じたくないんだけど、これは本当なの」

「……本当に？　嘘じゃなくて？」

「いくら私でも、こんなことで嘘ついたりしないよ」

言葉を返せずにいると、玲香は「あと三ヶ月しか生きられないかもしれない」と追い打ちをかけるように続けた。

玲香はここ一ヶ月ほど、体調不良を訴えていた。しばらく様子を見ていたが、先日病院で検査を受け、結果を今日知らされたのだという。

最初の検査を受けたときから腫瘍が見つかっていたようで、生体検査をするまでは良性か悪性か判断が難しく、結果が出るまで僕に心配をかけまいと黙っていたらしい。

今日まで玲香はどんな気持ちで過ごしていたのか。

僕は彼女に、なんて声をかけてやればいいのかわからなかった。

「こういうのって、本当に現実で起こるんだね。映画とかドラマみたいだよね」

僕を気遣ってか、玲香が無理して明るく振る舞っているのが伝わってくる。彼女を安心させてやらなければならないのは僕の方なのに。

「大丈夫だよ、きっと。だって私、全然死ぬ気しないもん。ほら、冷めちゃうからご飯食べよ」

そう言いながら玲香は、黙々と夕食を口に運ぶ。先に済ませたらしい凜は、ソファの上で気持ちよさそうに眠っている。

玲香はその後、通院しながら普段どおり仕事と家事をこなしたが、やはり体調を崩し、しばらく入院することになった。すでに別の臓器に転移しているため手術ができないらしく、薬物療法や化学放射線療法を行うと医師から説明を受けた。

玲香は治療に専念すると覚悟を決め、病気のことは伏せたまま彼女は勤めていたレストランを退職した。

入院する日の朝、玲香から『やることリスト』と書かれたメモを渡された。掃除機がけや洗濯、凜の保育園の送り迎えの時間などがびっしりと記載されている。

それとは別に、料理のレシピが書かれたメモも数枚あった。凜が嫌いな食べものもいくつか羅列してある。子育てや家のことはすべて玲香に頼りっぱなしだったので、これらをひとりでこなすとなると正直生活がどうなるのか想像もつかなかった。

「今はネットでいくらでもレシピが見られるから、こんなに細かく書かなくてもよかったのに」

「私のレシピはネットにはないからね。頑張ってね、お父さん」

玲香は末期癌患者とは思えないほどの明るい笑顔を見せて僕の背中を叩く。不安に押し潰されそうになっているのを見抜かれていたのかもしれない。

「無理しないでお母さんに頼っていいからね。ちゃんと言ってあるから」

「うん、わかってる」

玲香の実家は車で三十分もかからないところにあるため、義母にはいくらかお世話になろうと思っていた。

僕の父親は数年前に病気で他界し、母親は遠方に住んでいる兄夫婦と一緒に暮らしているため、助けは期待できない。玲香の両親を頼るしかなかった。

それから、僕と娘の凜とふたりでの生活が始まった。

初日、朝早くに起きて洗濯機を回し、掃除機をかけて玲香のレシピを見て朝食をつくる。綺麗好きの玲香は毎日掃除機をかけていたようだが、三日に一回でもいいと書かれていたのでそうすることにした。

朝食は見事に失敗した。料理をつくるのは人生で初めてなので、僕には荷が重かった。

焦がしたウィンナーや玉子焼きは僕が食べて、凜には念のため買っておいた菓子パンを与えた。しかし凜は母親がいないことで昨日から不機嫌になっており、ひと口も食べてくれなかった。

やだやだと駄々をこねる凜の服を無理やり着替えさせて保育園まで送っていく。着いた頃にはくたくただった。

「娘をよろしくお願いします」

保育士に凜を預け、急いで会社に向かう。保育園側には玲香のことは伝えてあるし、職場にも話して理解してもらっている。

僕が勤めている会社はフレックスタイム制を導入しているため、一時間早く出勤してその分早く退勤できることになった。その代わりずっと頑張ってきた営業職から事務職へ異動となってしまったけれど。

ため息をつきながら満員電車に揺られる。

こんなに忙しい朝が毎日続くのかと思うと先が思いやられた。


なんとか一週間を乗り越え、休日に凜と一緒に玲香の見舞いに行った。玲香のほかに三人の患者がベッドに横になっているが、玲香よりもずっと年上の人ばかりだ。

凜は玲香にべったりで少しも離れなかった。

「どうだった？　大変だった？」

凜を抱っこしたまま玲香は聞いてくる。

「やることが多すぎて大変だったよ。玲香のありがたみがわかる一週間だった」

「そうでしょ。来週はお母さん来るみたいだから、ちょっとは楽になるかもね」

義母が来てくれることもだが、玲香の元気そうな顔を見られたことで安心した。

先日ネットで調べた情報によると、末期から癌が完治して生還できた人も少なくないらしい。玲香もそのひとりになってくれるはずだと僕は信じていた。

玲香にもその話を聞かせると、彼女は「早く治すから安心して」と力強く言ってくれた。

明日は凛を連れて、願い事が叶うと有名なご利益のある神社へ行くつもりだ。神頼みとは情けないが、なにもしないよりはましだろう。

膵臓癌に関する書籍は何冊も読んだし、同じ病気と闘っている人のブログもたくさん閲覧して情報を得た。

玲香のために僕ができることはすべてしてやろうと思っている。

「凛、そろそろ帰るぞ」

面会終了時刻となってもまだ玲香にくっついたままの凛に声をかけるが、彼女は首を横に振った。

「ここでママと暮らす」

凛はそう言い出す始末で、僕が抱き寄せると大泣きしてしまい、帰宅してからも泣きやまず手がつけられなかった。

翌週の月曜日から三日間、泊まりこみで義母が来てくれた。凛の送り迎えや家事をこなしてくれて、僕はその間夜遅くまで残業をして仕事の遅れを取り戻した。

「うちのお父さんもひとりじゃなんにもできない人だから、少ししか力になれなくてごめんね」

木曜日の朝、そう言って義母は玄関先で僕に頭を下げる。「とんでもないです」と答えた僕はこの上ないほど義母に感謝していた。

義母は凜を保育園に送ってそのまま帰宅した。料理をたくさんつくり置きしてくれて、その週はそれを食べて乗り切った。

義母は隔週で来てくれることになって、これならだましだましやっていけそうだ、と安堵した。

「それ、なに書いてるの？」

玲香が入院してから一ヶ月が過ぎた頃、休日に彼女の見舞いに行くと、玲香は体を起こして手紙らしきものを書いていた。

ベッドテーブルの上には全部で五枚のレターセットが積み重ねられている。

「いつ私が死んでもいいように、手紙を残しておこうと思って」

「なに言ってんの。玲香の病気は治るんだから、そんなの必要ないって」

「念のためだよ、念のため」

玲香はそう言って微笑むが、顔色はよくなかった。入院前に比べてずいぶん痩せたし、前向きな言葉も最近は減っている。癌は骨や脳にも転移し、確実に彼女の体を蝕んでいたが、それでも僕は諦めていない。絶対に治ると信じている。

「五枚あるけど、誰に宛てた手紙？」

僕と凜、それから玲香の両親と、もうひとりは誰に宛てたものだろう。玲香はひとりっ子だし、もしかしたら友人宛ての手紙かもしれない。

　血管の起伏がはっきりとわかるほど細い腕でペンを走らせながら、玲香は答える。

「遼ちゃんと凜と、お母さんとお父さん。もうひとりは……内緒」

「なんで内緒なのさ。僕には言えない人なの？」

「言えないというか、私にもわからないから。誰のもとにこの手紙が届くのか」

　玲香はいたずらっぽく笑って左手で便箋を隠す。いったいどういうことなのか、さっぱりわからない。瓶の中に入れて海にでも流すつもりなのだろうか。

　玲香はここ最近、タブレットにイヤホンを挿して映画やドラマを熱心に視聴しているらしい。中には玲香と同じような病気を扱った物語もあって、手紙を残そうと考えたのはもしかするとそれらの影響を受けたのかもしれない。

「私が死んだら皆に渡してもらうようにお母さんに頼んでおくね」

「……大丈夫。そんな日は来ないから」

　来ないといいね、と玲香は他人事のように呟いた。僕がその手紙を読む日は、きっと何十年も先のことだろうと思っていた。そう信じたかった。

　しかし僕の願いとは裏腹に、玲香は目に見えて日に日に弱っていった。

　僕が見舞いに行くと必ず体を起こして迎えてくれたが、次第にそんな気力もないのかベッドに横になったままでいることがほとんどになっていった。彼女が時折見せる笑顔がとても苦しそうで、僕はそんな彼女の姿を直視できなかった。

治療により髪の毛が一時的に抜けてしまうかもしれないと医師から言われていたが、幸いにも髪の毛が抜けることはなかった。

痩せ細って変わり果てた玲香を目の当たりにして、凜が泣き出してしまったこともある。玲香にはもうそんな凜を抱きしめる力も残っていないようだった。

「今日、花火大会があるんだって。この前談話室に行ったら、絵を描いてる高校生くらいの女の子がいて、教えてくれたの。その子、てるてる坊主をたくさんつくったって話してた。ここの病室から見られるらしいよ」

玲香が入院してから三ヶ月が過ぎた頃、凜を連れて見舞いに行くと、彼女は掠れた声でそう言った。腕には痛々しいほどの点滴の針。顔色は会うたびに悪くなり、目の下の隈が酷かった。

玲香はあれから一度だけ一泊二日の一時帰宅をして、三人で家で過ごした。「やっぱり家が一番だね」と玲香は幸せそうに笑っていて、その瞬間だけは僕も確かな幸せを感じていた。

病院に戻ってからは個室に移動し、周囲を気にせずに気兼ねなく話せるようになった。最初から快適な個室にしておけばよかったと今は思う。

「花火大会か。さっきまで雨が降ってたけど、晴れてよかったね。その子のてるてる坊主のおかげかな」

「そうかもね。好きな人と一緒に見るんだって話してたよ、その子。ってあれ？　そのお花、どうしたの？」

今さら気づいたのか玲香は僕の手元を指さした。ここへ来る前、病院の近くにあった花屋に寄って花を数本買ってきたのだ。

「たまにはいいかなと思って買ってきた。ガーベラっていう花らしいんだけど、店員さんに勧められてこれにした」

僕は病室の洗面所にあった花瓶に水を入れ、買ってきた六本のガーベラを挿した。それをベッドテーブルに置くと、玲香は体が痛むのか苦しそうに上体を起こして花をじっと見つめる。

「希望っていう花言葉なんだって。玲香もまだまだ希望はあるんだから、頑張って病気治そう」

僕がそう言うと、「そうだね」と玲香は儚げに微笑む。玲香が死ぬわけがないのだと、僕はこの期に及んでもそう信じていた。

花火の時間まで玲香は凜と折り紙で遊び、僕は椅子に腰掛けてふたりの様子を見守りながら小さな幸せを噛みしめていた。

辛いのは今だけだ、と自分を励ます。僕が弱気になってどうするのだと、心の中の僕に問いかける。一番辛いのは玲香なのだ。僕がしっかりしなければ、とふたりを見て強く決心する。

花火大会の時間まではあと少し。凜は疲れて眠ってしまっていた。

「もし私が死んだらさ……」

玲香は唐突にそう切り出した。

「いや、死なないって。大丈夫だから」

僕は玲香を励ますというより、自分に言い聞かせているのだと、言いながら気づいた。

「もしもだよ、もしも。もしもの話だから、聞いて？」

「……わかった」

玲香は口元に笑みを浮かべて頷くと、ゆっくりと口を開く。

「もし私が死んだら、私のことは気にしなくていいから、いい人を見つけてね」

それは今、一番耳に入れたくない言葉だった。玲香以外の人と一緒になるなんて、僕は考えられなかった。

「無理だよ、そんなの」

「無理じゃない。だって遼ちゃん、まだ二十九歳だよ？　それに凜もひとり親だと寂しいと思うし」

僕が黙りこんでいると、「まあ、もしもの話だけどね」と玲香は笑ったが、僕はとても笑えなかった。凜の母親はこの世界で玲香だけだ。彼女以外は務まらないし、代わりなんていない。

そのタイミングで気まずい空気を払拭するように花火が上がった。凜が目を覚まし、僕は凜を抱き上げて窓を開け、涙を堪えながら夜空を見上げた。

花火の光が涙で滲む。こんなに悲しい花火大会は生まれて初めてだった。

「綺麗だね。また来年も、三人で見られるかな」

ベッドに座ったまま、玲香は僕の背中に問いかける。

「もちろん。来年は病室じゃなくて、もっといい場所で見よう」

ちらりと振り返ると、玲香の瞳からひと筋の涙が流れていた。彼女は唇を動かしたが、連続して上がった花火の音で聞き取れなかった。僕が聞き返すと、なんでもないと玲香は首を横に振った。

――玲香がこの世を去ったのは、それから八日後の蒸し暑い夜のことだった。

病院から玲香の死を告げられてから、葬儀が終わるまでの記憶がほとんどない。

ただ、呆然としたまま玲香の遺体と対面して、僕はそのとき、初めて玲香に対して怒りが湧いたことだけは覚えている。

——遼ちゃんより先に死なないように頑張るね。

高校生の頃、玲香が僕に告げた言葉が耳元で聞こえたような気がした。なにをしたら怒るのかと問われ、僕より先に死んだら怒ると言ったときの彼女の返事。僕にそう言ってくれたのに、玲香は約束を破った。

「僕より先に死なないって言ったじゃないか。ふざけんなよ。なんでだよ……」

声と涙を絞り出して横たわる玲香に訴えかけた。当然だがいくら声をかけても返事はなく、一方通行の言葉だけが病室に響き渡る。その言葉はもう届くことはないのだと思うと怒りはすぐに悲しみに変わり、玲香の死は僕を絶望の淵に突き落とした。

息をつく暇もなく葬儀会社の人から葬儀の説明などをひととおり受け、二日後に玲香は荼毘《だび》に付された。

通夜に訪れた人は焼香をあげたあと、僕と凜を憐憫《れんびん》の目で見て去っていく。凜はなにが行われているのか理解が難しいらしく、終始おとなしくしてくれて助かった。泣きじゃくる凜をあやす気力は残っていなかったから。

葬儀が終わってから僕は、すべてにおいて無気力な人間に成り下がってしまった。

玲香の病気が治るまでの辛抱だと言い聞かせて続けてきた家事も、なにも手につかなかった。

僕ひとりならいい。でも、凜がいる。しばらく落ちこんだあとは最低限の家事はこなし、ギリギリの生活を送っていた。

義母はありがたいことに以前と変わらず隔週で来てくれて、僕たち父娘を気にかけてくれた。


「これ、四十九日が終わったら遼くんにって、玲香が」

玲香の四十九日の法要が終わったあと、義母は手紙を僕に渡した。そういえば玲香は生前、病室で手紙を書いていたことをそのときになって思い出した。全部で五枚の手紙を書いていたが、最後の一枚は結局誰に宛てたものなのかわからなかった。

「ありがとうございます。あとで読んでみます」

帰宅して家事を済ませ、凜を寝かしつけたあとに手紙を開いた。中には便箋が三枚入っていて、文字がびっしりと書きこまれている。

『私が死んでから四十九日が経ったけど、元気でやってる？　ちゃんとご飯は食べてる？　遼ちゃんと凜を残して死んじゃってごめんね。やっぱり、そんなに簡単には奇跡って起こらないんだね。まあ、こればっかりはどうしようもないことだけど』

手紙の書き出しはなんとも玲香らしい一文だった。一枚目には僕と初めて出会ったときのことや、付き合い始めたときのことなどが書かれている。

僕は溢れてきた涙を拭って二枚目に進む。

『覚えてる？　高校生の頃、本田先輩のことで遼ちゃんを試したとき、遼ちゃん、私が先に死んだら怒るって言ってくれたよね。じゃあ今、怒ってる？　こんなに早く死んじゃって。でも、怒った遼ちゃん、見てみたかったな』

ちゃんと怒ったよ、と呟く。でも今は、どうしてか怒りは湧いてこない。僕の頭の中は純度百パーセントの悲しみに支配されていた。

手紙を読んでいると玲香と過ごした日々が鮮明に脳裏に浮かぶ。溢れた涙で玲香のか細い文字が読めなくなってくる。ふたりで一緒に凜の成長を見守って、一緒に年を重ねて、老後はまたふたりであちこち出かけたりしたかった。

僕は涙を拭いて続きを読み進めていく。

『もしいい人が見つかったら、私のことはいいから、その人を大切にしてあげてね。私と比べたりしないで、私を理由に壁をつくったりしちゃだめだよ。遼ちゃんはひとりじゃなんにもできないんだから、いつか再婚してくれた方が私も安心だから。あ、でもすぐには再婚しないでね。私が死んで三ヶ月後とかはさすがにやだな。せめて一年は悲しんで、それから立ち直って好きな人を見つけてほしい。凜のためにもね』

簡単に言うなよ、と手紙の中の玲香に向かって囁く。花火大会の日にも思ったけれど、玲香の代わりなんてこの世に存在しない。再婚なんて、きっと何年経っても無理だ。

『凜をお願いね。遼ちゃんの幸せと、凜の幸せを天国からずっと祈ってます。玲香より』

手紙は最後そう締めくくられ、かわいらしい猫のイラストも添えられていた。出会ってから死んだあとまで、玲香は僕を困らせてばかりだ。

どうして君はいつもそうなのだと、嗚咽を漏らしながら何度も何度も手紙を読み返した。

それからしばらく、僕の生活は荒れた。掃除は週に三回から一回に減り、洗濯ものも溜まりっぱなし。凜の送り迎えはしっかりとこなしているが、自炊する余裕がなくてスーパーの惣菜で済ませることが増えた。

玲香の容体の急変に備えて禁酒していた反動か最近は酒の量も増え、仕事でもイージーなミスが増えた。このままではまずいと思いながらも、時々来てくれる義母に家のことは任せっきりだった。

「遼くん。ちょっと大事な話があるんだけど」

仕事が終わって夜遅くに晩酌していると、昨日から泊まりで来てくれている義母が神妙な面持ちで僕に声をかけた。ちょうど凜を寝かしつけてくれたところらしく、絵本を手に持っている。

「はい、なんでしょう」

「凜ちゃんのことなんだけどね。お父さんとも話したんだけど、遼くんさえよかったら、うちで凜ちゃんを引き取ろうかと思ってね」

は？　と思わず高圧的な声で聞き返してしまい、咳払いをしてからもう一度聞き直す。

「凜を……ですか？」

「ええ。遼くんもひとりで大変でしょう？　仕事して凜ちゃんの世話をして家事をして……。手が回らないと思うし、凜ちゃんのためにもそっちの方がいいのかなって」

義母は僕の顔色を窺いながら、慎重に言葉を選んでそう口にした。要するに散らかった部屋を掃除していて、見ていられなくなったのだろう。

きっとゴミ箱の中のコンビニ弁当の容器やカップラーメンの残骸などを見て、まともな食生活を送っていないと思ったにちがいない。事実なのだからなにも言えなかった。

「それに、遼くんまだ二十九歳でしょう？　これからの遼くんの人生を考えると、凜ちゃんをうちで面倒見た方がいいと思うの」

もちろんいつでも会いに来ていいから、と義母は慌てて付け加える。玲香も気にしていたが、義母も僕の再婚のことを憂慮しているのだろう。

「遼くんから凜ちゃんを奪おうってことじゃないのよ。遼くんと凜ちゃんの幸せを考えたら、それが一番なんじゃないかなって」

言葉を返せずにいる僕を気遣ってか、彼女は柔らかい口調で僕に訴えかける。凜を玲香の両親に預けるなんて考えたこともなかった。

「……ちょっと考えさせてください」

「ええ、もちろん。何日かかってもいいから、じっくり考えてみて」

そう言い残して義母は寝室へと消えていった。

僕は晩酌を再開し、しばし思索に耽る。

たしかに義母が言ったように、僕と暮らしても凜は幸せになれないのかもしれない。こんな自堕落な生活を続けていたら、むしろ不幸になるかもしれない。

義母の申し出を拒絶できなかったのは、彼女の言い分はあまりにも的を射ていて、言い返す余地もなかったからだ。それに僕と凜の未来を真摯に考えてのことだというのが痛いほど伝わってきた。

玲香が亡くなってから、何回ついたかもわからない深いため息をつく。

父子家庭なんてやっぱりかわいそうだ。祖父母と暮らした方が凜は幸せになれるし、僕も入社当初から頑張ってきた営業職に戻れるだろう。

「玲香はどう思う？」

テレビ台の上に置いてある写真立ての中の玲香に問いかける。当然ながら返事はなく、寂しさと虚しさだけがより深まっていく。

今、ほろ酔いの頭で考えてはだめだ。

僕は思考を中断し、グラスに注いだビールを一気に呷《あお》った。


「凜を、よろしくお願いします」

翌々週の月曜日に義母がやってきたタイミングで、僕は彼女に頭を下げた。あれから二週間、友人の山根や同僚に相談に乗ってもらい、最後は僕自身で決断した。

僕と暮らすよりも祖父母と暮らした方が凜は幸せになれる。この二週間、何十回何百回と思案を重ね、そう判断した。というよりも、何度思考を巡らせてみても凜にとって僕と暮らすメリットがひとつも見つからなかったのだ。

昨夜凜にも説明したが、まだ幼い娘には理解が難しいようで、とりあえずパパとはしばらく一緒に暮らせないとだけ伝えておいた。凜の表情は曇ったが、その代わり毎日おばあちゃんと一緒だと告げると、途端に明るくなった。

凜は義母に懐いており、その変わりように少しだけ嫉妬したが凜のためだと我慢した。

「辛い選択をさせてごめんね」と義母は泣きながら僕の手を握ってくれた。彼女のこの人柄のよさも凜を預けるという判断に至った一因と言える。

凜が僕のもとを去ってからはさらに生活が荒れた。朝の忙しさはなくなったし家事の負担も減った。けれど、玲香を喪ったあとに芽生えた寂寥感は何倍にも膨れ上がった。

半年足らずで大切な家族がふたりも僕のもとから離れていったのだ。そんな短い期間でこうも人生が変わる男なんてきっと僕くらいだ、と嘆かずにはいられなかった。だけど凜と一生会えないわけじゃない。毎週末会いにいくつもりだし、月に一回は凜が泊まりにきてくれる。

それだけを生きがいに、僕は必死に生きた。凜がいなかったら僕は、もしかしたら自ら死を選んでいたかもしれない。

凜が祖父母の家に行ってから数週間は酒の量が増え、毎晩のように涙を流していた。ひとりの生活は想像していたよりも孤独だった。ひとりになってみて、改めて玲香と凜の存在は僕にとってかけがえのないものだったのだと思い知らされた。

毎朝玲香の仏壇に手を合わせてから家を出て、帰ってきてからも拝んだ。月命日には必ず墓に参り、亡き妻を偲んだ。

毎週土曜日に玲香の両親の自宅に足を運び、凜に会いにいっている。

保育園で行われる運動会や親子遠足、お楽しみ会などの行事は一度も穴を開けることなく参加し、離れていても親子なのだと凜に伝わるように努力した。凜の欲しがるおもちゃは僕が全部買い与え、義理の両親には極力負担をかけまいと気遣った。

決して娘を捨てたわけではないのだと、贖罪のように金と時間を凜に費やした。それなのに周囲の目を気にして、僕は凜を義理の両親に預けたことを山根と家族以外には伝えなかった。

職場には親と同居して面倒を見てもらっていると伝え、僕は営業職に復帰した。凜を預けたことに、少なからず後ろめたさを感じていたのだ。玲香が知ったらどう思うだろうか。凜を託されたのに手放したことを、玲香は怒るかもしれない。

仏壇や墓前では、玲香の死を悼むよりも申し訳ないという謝罪の気持ちが次第に増していった。

そうして凜と離れて暮らすようになってから四年が過ぎた。凜は小学校に入学し、祖父母のもと、逞しく成長していた。

その姿を玲香にも見せてやりたかった。玲香を喪ってからもうすぐ五年が経つというのに、僕は未だに前を向けずにいた。

ひとり暮らしは初めてだったが、ある程度の家事はこなせるようになった。いつの間にか自分の中でルールができあがり、あとはそれに従って黙々と流れ作業のようにこなしていくだけ。ただ、自炊だけはどうしてもする気が起きなくて、料理の腕はいつまで経っても上達しなかった。

最初の一年間はほぼ毎週のように凜と顔を合わせていたが、次第に会う回数は減っていった。仕事が忙しくなったこともあり、今は月に数回会う程度で、凜が泊まりにくることも最近はない。

三人で暮らしていた頃は活発で賑やかな子だったが、最近の凜はおとなしくて小学二年生らしからぬ落ち着き払った子に育った。顔は玲香にそっくりだが、性格はどちらかというと父親の僕に似ている。

友人や同僚たちは僕に再婚を勧めてくるが、僕は一笑に付してそれらを受け流した。一度だけ山根に強引に女性がいる食事会に連れていかれ、女性と連絡先を交換したことがあった。

が、子どもがいると告げた途端に連絡が途絶えた。僕はその女性に好意を抱いていたわけではないのでなんとも思わなかったが、凜の存在を否定された気がして憤りを覚えたのはたしかだ。

「子どもがいるのがネックだよなぁ。てか、いつまで結婚指輪してるんだよ」

と山根に指摘されたときはさすがに気分を害した。指輪は外そうかと思ったこともあるが、外す必要性を感じなかったため今でもつけていた。

山根は失言だとすぐに気づいて謝罪してくれたので、険悪な雰囲気にはならなかった。

あるときは積極的な新入社員の女の子に食事に誘われた。が、妻を亡くし、そのうえ子どもがいることを誰かから聞いたらしく、向こうから誘っておきながら断られた。周囲からは妻のことを忘れられない未練がましい男という目で見られている気がしたが、まちがってはいないので否定はできなかった。

「もう五年も経つんだから」

そう言われることが頻繁にあった。僕はその言葉を聞くたびに苛立ちを覚えずにはいられなかった。当事者の五年と、部外者の思う五年では重みがちがう。この五年間、僕がどんな思いで過ごしてきたのか、彼らは知らない。知ろうともしなかった。そんなやつらに「もう五年も経つんだから」なんて言われるとやるせなかった。本人は僕を励ますつもりだったのだろうが、むしろ余計に傷ついてしまった。

僕は他人に玲香の話はほとんどしていない。酒の席で酔いに任せて口にしたことはあるが、理性が働いて重たい話はしなかった。そういう話をすると空気が悪くなることを知っているからだ。

相手に気を遣わせてしまうし、なにより憐憫の目で見られるのが嫌だった。

それは玲香の両親の前でも同じだ。心配をかけてしまうのでネガティブなことはなるべく口にしないようにしていた。

僕の母や兄も、僕を心配して頻繁に連絡をくれたが、大丈夫だからと強がった。

玲香への思いは自分の中にだけ留めておこうと思っていた。

でも、誰にもこの思いを吐き出せないのは正直辛かった。話したところで理解されないだろうし、理解してほしくもない。それでも声に出して自分の思いを聞いてほしいというときもあった。本当は弱音を吐きたいし、誰かに慰めてほしい。

けれど、そんな惨めなことはできなかった。

溢れた想い

「ただいま」

柏木さんと海に行ったあと、誰もいないマンションの部屋に帰ってきた私は、どっと疲労感に襲われてソファに倒れこんだ。

車内で時折涙を流して話をする彼につられて、私も途中から泣きながら相槌を打っていた。

彼の奥さんに対する想いと、娘さんへの愛情が痛いほど伝わってくる内容だった。どうしてこの素敵な家族が離れ離れになってしまったのか。そう思うと悲しくて溢れた涙が止まらなかった。

柏木さんと玲香さんの話を聞きながら、私は春奈と早坂のことを思い出していた。柏木さん夫婦はどこかあのふたりに似ている気がして、なにか力になってあげたかった。

「だから、今は恋愛とかするつもりはないんだ」

去り際の彼の言葉が胸に刺さっていた。きっと私の気持ちに気づいて、優しさから言ったつもりだと思うけれど、私は今は恋愛感情を抜きにして、人として柏木さんに寄り添いたいという気持ちが強くなっていた。

「私は無理だなぁ。絶対亡くなった奥さんと比べられたりすると思うし、亡くなった人には敵う気がしないもん。離婚は嫌な思い出しか残らないって言うけど、死別はいい思い出だけが残るって聞くしね」

柏木さんと海水浴場に行った翌日。私は職場の先輩に柏木さんのことで相談を持ちかけた。まだ開店前の、朝礼が終わったあとに。

柏木さんと知り合った経緯や、五年前に奥さんを亡くし、小学生の娘がいることまで話した。すると私の予想どおりの答えが返ってきて落胆する。

「そうですよね」と私は力なく返した。

「いくら好きな人とはいえ、他人の子どもを愛せる自信ないな、私は。綾香ちゃんはまだ若いんだし、もっといい人見つかると思うよ」

「どうですかね。でも、やっぱり子どもの存在はでかいですよね」

「一緒に暮らしていないとはいえ、気になっちゃうよね。その人の中では亡くなった奥さんや娘さんが一番で、自分は何番目なんだろうって思っちゃいそう」

そうですよね、とため息交じりにまた同じ相槌を打つ。気を遣って下手に励ましの言葉をかけるのではなく、正直に自分の気持ちを話してくれていることに感謝しながらも、嘘でもいいから応援してほしかったという身勝手な思いもあった。

誰かが私の恋心を肯定してくれたら頑張れると思ったのに、「あたしもそう思う」ともうひとりの先輩が横やりを入れる。

「相手に子どもがいるってことは、いきなりお母さんになるってことだもんね。よっぽど好きな相手じゃないと、あたしも無理だなぁ。今は娘さんと離れて暮らしているとしても、今後同居しないとも限らないしね」

自分から相談しておきながら早くも耳を塞ぎたくなった。否定ばかりじゃなく、もう少し前向きな意見も欲しい。けれど、その後も先輩たちは私を引き留めるように説得してばかりだった。

「私はいいと思うけどなぁ」

最後に口を挟んだのは店長の梨沙《りさ》さんだ。先日四十歳の誕生日を迎えたばかりの梨沙さんは、二度の離婚を経験し、三人目となる旦那さんと昨年再婚したらしかった。

「死別はたしかに難しいと思うよ。でも、綾香ちゃんも大切な友人を亡くしてる経験があるから相手の気持ちを理解できるはずだし、綾香ちゃんは案外そういう人の方が合ってると私は思う」

さすが年の功と言うべきか、経験豊富な梨沙さんらしい意見だ。私の求めていた言葉をかけてくれて、少しだけ心が軽くなった。

以前サロンのスタッフ皆でご飯に行ったとき、学生の頃好きだった人と親友を病気で亡くしたと話したことがあった。空気を悪くしたらいけないと思って詳細は語らなかったが、梨沙さんはその話を覚えていてくれたのだろう。

「たしかにそうかもですね」と私は梨沙さんに笑みを向ける。味方がひとりでもいてくれてよかった。

「綾香ちゃんはその人のどんなところが好きなの？　絶対にその人じゃなきゃだめな理由ってあるの？」

「彼は過去を引きずってて、私と同じだなって最初は思ったんです。でも、私よりももっと大きな問題を抱えてて、彼と接しているうちに支えてあげたいって気持ちになりました。ちゃんとした理由を聞かれるとうまく答えられないんですけど、気づいたら好きになってました」

柏木さんはとても誠実な大人の男性で、同世代の男と比べると落ち着いているし、人との向き合い方が素敵だと思って私は彼に惹かれたのだ。

大切な人を喪って苦しんでいる姿が早坂と重なって、放ってはおけなかった。

開店時間になり、ほかの人にも意見を求めるべく仲のいいお客さんにも相談を持ちかけてみたが、皆口を揃えて「やめときな」と私を宥めた。

梨沙さんだけは肯定してくれたけれど、やっぱり誰にも話すべきではなかったと肩を落とした。

翌週末。私はひと晩迷った末、『グリーフカフェおのでら』に参加のメールを送った。柏木さんが来てくれると信じて。

先輩たちや仲のいいお客さんに散々言われたというのに、私は彼を諦めるべきかまだ決めかねていた。このままなにもせずにこの恋を終わらせていいのだろうか、と何度も自分に問いかけたが、未だに答えを出せずにいた。

柏木さんは奥さんと死別し、離れて暮らす小学生の娘がいる。たしかにそういう複雑な事情を抱える人に恋をするなんて覚悟が必要だし、簡単に決断できることでもない。でも、だからといって恋をするなというのは、いくらなんでも暴論ではないかと私は思ったのだ。

人の意見は鵜呑みにせず、参考程度に留めることにした。自分の気持ちと向き合ってしっかりと答えを出してから決断したかった。

午前中はいつものように家事を済ませ、午後になってから家を出る。柏木さんとはあれから一度も連絡を取っていないので、来てくれるかはわからない。昨夜、電話してみようかとも思ったが、勇気が出ずできなかった。

『おのでら珈琲店』の前に着くと、深呼吸をしてから扉を開ける。初めてここを訪れたときと同じくらいの緊張感があった。

入店すると、まずカウンターの奥に立っている店主の小野寺さんと目が合う。小さく頭を下げてから中央のテーブル席に目を向けると、三十代後半くらいのやつれた女性の姿が視界に入る。

柏木さんはまだ来ていないのか、それとも不参加なのか。彼の姿がないことに落胆しつつ椅子に座る。イベントが始まるまであと五分。私はハーブティーを注文し、彼が来てくれるのを祈った。

「あとひとり来る予定なんですけど、時間なので始めましょうか」

参加者が注文した飲みものをテーブルに並べ終わると、小野寺さんは手を叩いてそう言った。

最後のひとりが入店してきたのはそのときだった。「遅れました」という低い声とともに。

「木村慶司さん……でよろしかったでしょうか。どうぞこちらへ」

小野寺さんは手帳に目を落として彼を案内する。やってきたのは柏木さんではなく、まさかの慶司だった。

「なんで慶司がここにいるの？　冷やかしなら帰って」

声を潜めて慶司を非難する。

「冷やかしじゃないって。てか昨日連絡したじゃん」

慶司も小声で不貞腐れたように言う。

私は慌ててメッセージアプリを開き、確認してみるとたしかに慶司から今日の参加を告げるメッセージが届いていた。未読件数がたくさんあって、すっかり見落としていた。

「ごめん、気づかなかった。ていうか、本当にどういうつもりなの？」

まあまあ、と彼は手で制して着席すると飲みものを注文し、もうひとりの参加者に頭を下げた。

慶司の飲みものが届くとイベントは五分遅れで始まり、小野寺さんはいつものようにグリーフについてわかりやすく説明する。今回が初参加の慶司は熱心に小野寺さんの話に聞き入っていた。

いったい慶司はどういうつもりで参加してきたのか、ひやひやする。ここは軽い気持ちで来ていい場所じゃない。

初参加時の私のように来たことを後悔するのではないかとちらちら慶司の様子を窺うが、彼は至って真剣な表情でじっと座っていた。

「じゃあまずは、葛西《かさい》さんからよろしいかしら」

少し重たい話になるんですけど、と前置きしてから葛西と名乗った女性は話し始める。

「夫が去年、通り魔に殺されたんです」

そんな衝撃のひと言で彼女は口火を切った。私は今回で四回目の参加になるけれど、彼女の宣言どおり今までで一番重たい話になりそうだ。

　彼女の夫はウェブライターとして活動していたそうだが、取材に向かう途中で通り魔に刺されて亡くなったのだと彼女は涙を堪えて口にした。

　その事件は私も覚えていた。たしかその通り魔は通行人を次々とナイフで刺し、猟奇的な無差別殺人事件として連日報道されていたのだ。まさかその遺族がここへ来るなんて……。

　私たちを気遣ってか、彼女は時折笑顔を交えて重たい雰囲気を払拭しようと努力していたが、小野寺さんの優しい言葉に最後は涙を流していた。

「辛かったわよね。無理して明るく振る舞わなくていいのよ。ここはそういう場所だから」

　そのひと声に葛西さんは泣き崩れた。隣に座っている慶司も悲痛な面持ちで彼女の話を聞いている。

　葛西さんが泣きやむのを待ってから、小野寺さんは次は慶司を指名した。いったいなにを話すというのだろう。私は彼に視線を向ける。

「木村慶司といいます。えっと、俺は初恋の女の子を数年前に病気で亡くしまして……」

　そうきたか、と私は吐息を漏らす。慶司は意気揚々と春奈との思い出を語りながら話を進めていく。

彼女のことをずっと一途に思っていました、なんて慶司が言い放ったときはなんだか白けて腹が立って、テーブルの下で彼の靴を軽く小突いてやった。

慶司の無理やり美談に仕立て上げたような話が終わると、小野寺さんは私に水を向けた。私はもう四回目になるので、簡潔に説明して初参加のふたりに発言を譲った。

その後は小野寺さんを中心にそれぞれ意見を交わし合い、イベントは終了した。


「こんな感じなんだ、グリーフケアって」

『おのでら珈琲店』を出ると、慶司は率直な感想を述べた。初参加にしては重すぎたかもしれないけれど、慶司の表情はどこかすっきりしているように私には見えた。

「小野寺さんが言ってたんだけど、グリーフケアにもいろんな形があるらしいよ。カウンセリングみたいに一対一で行うところもあれば、ひたすら講師の話を聞くだけの活動もあるみたい」

へえ、と慶司は興味ありげに呟く。私としては『グリーフカフェおのでら』のように、同じ苦しみを抱える人たちが集まり、自分の気持ちを表出する機会を設けた方が楽になる気がした。

現に今日の参加者である、夫を通り魔に殺害された葛西さんも「絶対また来ます」

と小野寺さんに頭を下げていた。

　私と柏木さんのように参加者同士で連絡先を交換し、親密な関係になった人もいるらしい。決してそういう場ではないのだけれど、胸襟を開くことによって参加者同士打ち解けるのが早いのだという。

「ていうか、どうして参加したの？　絶対冷やかしでしょ、あんた。本当信じられない」

　駅まで歩く道中、私は語気を強めて彼を咎めた。

「いやいや、ちがうって。この前綾香といろいろ話してからさ、昔のことを思い出しちゃって傷心気味だったんだよね、俺も。初恋の人ってのは本当のことだし。だからどんなもんだろうって参加してみた」

「へえ。なんか全然信じられないんだけど」

「本当だって。綾香にこんなこと言うのもどうかと思うけど、俺、春奈ちゃんのこと本気だったんだ。中一の頃に好きになって、高校生になってからもずっと気にかけてた。何度もお見舞いに行ったし、早く元気になってくれたらなって思ってた。まさか死んじゃうなんて想像もしてなくてさ……」

　慶司は涙を滲ませて熱く語る。彼の意外な一面を見て、あの慶司がそこまで春奈のことを思っていたなんて、と感心した。

「ふうん。慶司って、真面目に人のことを想えるんだね。ちょっと見直した」

「俺がチャラかったのって、中学のときだけだから。高校生からはちゃんとしようって思って生まれ変わったんだよ」

「そうなんだ」

信号に捕まって私たちは足を止める。少しの沈黙のあと、慶司はなにか思い出したように口を開いた。

「そういえば綾香には話してなかったんだけど、中学の頃さ、春奈ちゃんに怒られたことあるんだよね」

「え、そうなの？　春奈が怒るなんて珍しいね。あんた、あの子になにしたの？」

「綾香と別れたあとさ、謝りに行ったんだ。本当は彼女がいたこと、隠しててごめんって」

前方の信号が青に変わり、私たちは横断歩道を渡る。「それで？」と私は話の続きを促した。

「さっき言ったとおり、怒られたよ」

「そりゃあ怒るでしょ、誰だって。春奈を傷つけるなんて、本当最低」

「いや、ちがくて。春奈ちゃんは俺が綾香を傷つけたことに対して怒ったんだ。私のことはいいから、綾香にちゃんと謝ってって」

「あっ……そうなんだ」

慶司の話を聞いて、胸の奥がぎゅっと痛んだ。どうして春奈はいつも、自分のことより人のことを思いやれるんだろう。思えば早坂もそうだった。春奈も早坂も、誰よりも自分自身が一番辛かったはずなのに。

「本当、いい子だよな、春奈ちゃんって」

「……当たり前じゃん。私の親友なんだから」

じわりと滲んだ涙を悟られないように私は早歩きをして彼の前を歩く。どうしようもなく春奈のことが恋しくなってしまった。

「今度飲みに行かない？」

背中ごしに彼の問いかける声がする。考えとく、とだけ伝えて慶司とは駅で別れた。


梅雨本番を迎えた六月の後半。私は今月二度目のグリーフカフェへと足を運んだ。

慶司からは頻繁に連絡が来るけれど、柏木さんとは結局、あの海に行った日以来一度も連絡を取っていない。何度もメッセージを送ろうと思ったが、結局私からは送れなかった。

でも、今日こそは柏木さんが来てくれるかもしれないと思い、私はまた懲りずにグリーフカフェに申しこんだ。

それとは別に、昨晩慶司から話があると連絡が来たので、イベントが終わったあとに会うことになった。

今回の参加者は四人で、私以外は全員初参加。柏木さんはやっぱり来なかった。

「あの……私は推しが亡くなってから毎日が憂鬱で、なにもする気が起きなくて、部屋に引きこもって自傷ばかりしています」

朱里《しゅり》と名乗った赤いTシャツの女の子は、震える声で参加した理由を語った。左の手首には包帯が巻かれている。

彼女は春に高校を卒業したばかりで、中学生の頃から大ファンだったレッドストーンズというバンドのメンバーが一年前に火事に巻きこまれて亡くなったそうで、それから失意の日々を過ごしているらしい。もともと手の届く存在ではないが、さらに遠くへ行ってしまって自分も死にたいのだと彼女は話した。これまで数回自殺を試みたそうだが、死ぬ勇気がなくて失敗に終わっているという。

小野寺さんは自殺願望を口にした彼女を咎めることなく、優しく彼女を肯定した。

「今日まで生きてきて偉いと私は思う。そして勇気を持ってここへ来てくれたことがなにより嬉しいです」

小野寺さんにぎゅっと手を握られて、朱里ちゃんはぼろぼろ涙を流した。目元のメイクが崩れて黒い涙を流しながら彼女は嗚咽を漏らす。推しのいない私にとっては理解しがたいが、彼女にとっては彼の存在がすべてだったのだろう。

「彼のつくった音楽が私を支えてくれたんです。学校でひとりぼっちのときでも、彼の音楽が私を励ましてくれたんです」

おそらく今日まで誰にも打ち明けられなかったのかもしれない。彼女の推しへの愛は止まらない。その後も彼女は小野寺さんに慰められながら、ひたすらその亡くなったバンドマンのことを私たちに熱く語った。

亡くなったのはギターを担当していたメンバーで、朱里ちゃんも彼の影響でギターを始めたのだそうだ。彼が使っていたものと同じ赤いエレキギターを購入し、彼らの楽曲を演奏しているときだけ心が安らぐのだと朱里ちゃんは言った。

今回も小野寺さんの温かい言葉に、涙と笑顔が絶えない会となった。

「とりあえず、飲みにいかない？」

『おのでら珈琲店』を出たあと慶司と合流し、駅前の大衆居酒屋にふたりで入店した。まだ時間が早いこともあって店内は空いている。半個室の席に案内され、向かい合って座った。

適当に注文をしてから彼はおしぼりで丁寧に手を拭く。おじさんみたいに顔を拭いたりしなくてよかったと思いながら私は彼を観察した。

「話ってなに？」

注文したお酒がテーブルに置かれると、私はさっそく慶司に訊ねた。いきなりだな、と彼は笑う。

とりあえず乾杯をしてから上機嫌の慶司に私は再度訊ねる。

「なにかいいことでもあったの？」

「うん。実はさ……就職が決まったんだよ。まだ内々定だけど、ほぼ決まりだって」

慶司はさらに、大手IT企業の名前を挙げる。私でも聞いたことのある会社だった。

「すごいじゃん。おめでとう。今日はお祝いだね」

もう一度慶司とグラスを合わせて祝杯を上げる。ありがとう、と彼はグラスを呷ってビールを一気に飲み干した。

「実はそれだけじゃないんだ。もうひとつ話があって。というか、本当はそっちがメインなんだけど」

「なに？」

慶司は襟を正し、私の目をじっと見つめて黙りこむ。どことなく緊張しているのが伝わってきて、つられてこちらまで緊張してしまう。

「なんていうか、久しぶりに綾香と会えてよかった。最近バタバタして疲れ気味だったんだけど、綾香といるとちょっと楽になった」

畏まってなにを言い出すのかと思えば、そんなことかと私の頬は緩む。身構えて損した。

「私も春奈のこといろいろ聞けてよかったよ。あの子、私の知らないところでそんなこと言ってたんだ、って嬉しくなった」

慶司のグラスが空になっているのでメニュー表を彼に渡したが、今は大丈夫と手で制された。

「でさ、本題はここからなんだ」

慶司はいっそう表情を引き締めて私を見つめる。こうやって向き合っていると学生時代を思い出して懐かしくなる。あまりいい思い出だったとは言えないけれど。

言いづらいことなのか、慶司は深く息を吐き出してから口を開く。店内は徐々に騒がしくなってきていた。

「俺、やっぱ綾香のこと好きだって思った。久しぶりに会えて、付き合ってた頃の気持ちを思い出したというか、いまさらだけどもう一度やり直したいなって思ったんだ」

慶司は私から目を逸らさずに力強く言った。まさか告白されるなんて思わなくて虚を衝かれる。

「あのときは男として未熟だったから綾香を傷つけちゃったけど、あれから俺、変わったんだ。信じられないかもしれないけど、これからは俺のそばで、変わったってところを見てほしい」

付き合ってください、と彼は最後に口にした。

「ありがとう」と私は返事をするだけで精一杯だった。まだ混乱していて頭が正常に働かない。続く言葉が出てこなかった。

「返事は今すぐじゃなくていいから。とりあえず、飲も」

私の心情を察したように彼はそう付け加え、店員を呼んでお酒を注文した。その後は他愛もない話をして気まずい雰囲気にはならなかったが、いくらお酒を飲んでも酔えなかった。

支払いを終えて店を出ると、彼は私のマンションの前まで送ってくれた。

「今日はありがとう。俺、綾香にちゃんと告白しようと思ったから、それもあってこの前グリーフカフェで春奈ちゃんのこと話したんだ」

慶司は飲みすぎたのか、顔を真っ赤にして私の目を見て言った。飲みすぎたといってても彼が飲んだのは二時間でビール二杯とレモンサワー一杯だけ。あまりお酒が強い方ではないらしい。

「うん。えっと……その、告白の件だけど、もう少し考えてもいい？」

「もちろん。いつでもいいから、待ってる」

彼はそう言ってから両手を大きく振って去っていく。途中で何度も私を振り返り、慶司はそのたびに手を振ってくる。酔っ払っているせいか足元が覚束なくて危なっかしい。

部屋に入ってひと息ついた頃に酔いが回ってきた。私はたぶん、彼の三倍くらいの量を飲んだ。告白された気まずさを酔いでごまかしたくて必死にお酒を喉に流しこんだが、帰宅した途端に頭がくらくらした。

冷蔵庫に入れていたペットボトルの天然水を一気に半分ほど飲んでひと息つく。それから慶司に思いを巡らせる。

慶司と再会してからはとくに意識はしていなかったけれど、好きだと言われるとどうしても意識してしまう。慶司は一応私の初恋の人なわけだし、告白されて嬉しくないと言えば嘘になる。

「でもなぁ」

静寂に包まれたひとりしかいない寂しい部屋の中で、天井を見上げてぽつんと呟く。見た目は昔から好きだし、一流企業から内々定をもらって自称今は改心しているという慶司。

普通に考えたら断る理由なんてないのかもしれない。でも、今私が抱えている問題を解決しないまま次の恋には移れない。そんなこと、私には無理だ。

携帯を手に取ってじっと画面を凝視する。メッセージアプリを開き、未読のメッセージは無視して下にスクロールしていき、柏木さんとのトーク画面を表示した。

『お久しぶりです。今度はいつグリーフカフェに行きますか？　またお話ししたいです』

酔いに任せて柏木さん宛てのメッセージを入力した。大丈夫かな、と何度も文面を確認してからようやく送信できた。送信してからは胸の鼓動が加速して体が熱かった。


「綾香ちゃん。その慶司くん？　って子と付き合うべきだよ、絶対。イケメンで大手の企業から内定もらってるんでしょ？　私なら即決」

「でも元カレでしょ？　しかも、四股してたっていう。今はもうしないって言ってもさ、それ浮気常習犯の常套句だよ。あたしはおすすめしないなぁ」

翌朝出勤すると、開店準備を進めつつ私は性懲りもなく先輩たちに相談してみた。柏木さんのときはふたりの意見は一致していたが、今回は各々主張が異なった。

私はどちらの意見にも「そうですよねぇ」と答え、否定はしなかった。

「綾香ちゃんが迷ってる理由はそこじゃなくて、あの子どものいる男性がまだ気になってるから……でしょ？」

店長の梨沙さんが私の心を見透かしたように指摘する。ご名答です、と私は返した。

「あ、じゃあまず、その男性に告白して、だめだったら慶司くんと付き合っちゃえばよくない？」

先輩の提案に、「馬鹿」と梨沙さんがたしなめる。私の心の声と重なってびっくりした。

「綾香ちゃんは自分の気持ちを優先するべきだよ。今は……柏木さんっていったっけ？　その人と向き合って、ちゃんと答えを出してから今度は慶司くんとのことを考えたらいいと私は思う。まあ、綾香ちゃん次第だけどね」

梨沙さんはそう言うと、「さっ、店開けるよ！」と手を叩いて切り替える。時刻はまもなく開店時間を迎える。

私の携帯が鳴ったのはそのときだった。画面を見ると『柏木さん』と表示されていて心臓が飛び跳ねそうになった。

『お久しぶりです。たぶん、もうグリーフカフェには行かないと思います。また妻への思いが溢れそうになったら、そのときは行くかもしれません。その日が来たら、またお話ししましょう』

昨夜酔った勢いで送ってしまったメッセージに対する返信。私は画面を見つめたまま項垂れる。私の誘いを断ったのは、早坂に続いてふたりめだ。せっかく梨沙さんに背中を押されて彼への気持ちが高まっていたのにこの仕打ち。余計にダメージがでかい。

私は柏木さんからのメッセージに、返事を打つことができなかった。

今年の七夕は大雨だった。再会できなかった織姫と彦星を憐れむよりも、早いところ梅雨が明けてほしいと願っていた。

私はその週末、『グリーフカフェおのでら』には行かなかった。

何度か参加してみたものの、未だに春奈と早坂を喪った悲しみを乗り越えることはできていない。回を追うごとに気持ちが軽くなるのは感じていたけれど。

今日は実家に向かっている。

今、私を悩ませている問題がふたつある。

ひとつは柏木さん。直接振られたわけではないけれど、ほぼ振られたも同然だった。二週間前に柏木さんから返事が来たあと、私は一度も彼にメッセージを送れずにいた。あの文面から察するに、もう会うことはないと婉曲的に言われている気がしてならなかった。

ふたつめは慶司だ。彼の告白に、まだ返事をしていなかった。慶司からたまに連絡は来るが、その件に関してお互い触れることなく二週間が過ぎた。返事を急かされなくてほっとしているが、いつまでもこのままというわけにはいかない。

『部屋を片付けたいからいらないものは処分して、必要なものは持っていきなさい』

そんな日々の中で先日、母からメッセージが届き、仕方なく帰宅したというわけだ。実家の私の部屋にはまだ荷物がたくさん残っていて、引っ越しが落ち着いたら必要なものだけ取りに来ようと思っていたが、母から連絡が来るまですっかり忘れていた。

合鍵で三ヶ月ぶりに住み慣れた実家のアパートに入る。玄関のローズの香りが懐かしい。母がいつもローズの芳香剤を買っていて、取り替えるのは私の役割だった。実家に帰ってきたという安心感のある心地いい香りに包まれながらリビングへのドアを開けたが、母の姿はなかった。

そのうち帰るから、とだけ伝えたので今日だとは思わなかったのだろう。私も今朝、急遽帰ることを決めたので、母には連絡しなかった。

さっさと用事を済ませて帰ろうとさっそく自分の部屋に入る。ベッドやテーブル、洋服棚はひとり暮らしの部屋に持っていったので、いやに殺風景だった。

残っているのは勉強机とカラーボックスがふたつ。勉強机の上にはファッション雑誌や化粧品が一箇所にまとめられている。クローゼットの中を開けると、洋服や鞄などが詰めこまれていた。

持参してきたボストンバッグに必要なものを詰め、不要なものは台所にあったビニール袋の中に入れる。

勉強机の引き出しの中もひととおり整理し、小一時間である程度片付いた。

一度リビングに戻ると、テーブルの上に一冊のアルバムが置かれていることに気がついた。表紙には『綾香の成長記録』の文字。横にはお酒の空き缶が転がっている。

空き缶をゴミ箱に捨て、懐かしいな、と思いながらソファに腰掛けてアルバムを開く。そこには私が生まれてから中学生になるまでの写真が収められている。母は積極的に写真を撮るタイプではなかったので、うちにアルバムはこの一冊しかない。

父親がいたら、もしかしたらアルバムの数はもっと多かったのかもしれない。運動会や卒業式で、友達のお父さんが張り切って写真を何枚も撮っている姿を目にするたびに羨ましいなと当時は思っていた。

最初のページには、赤ん坊の私を抱っこする母の写真があった。このときまだ母は十八歳で、今の私より若い。今では絶対流行らないような色黒のギャルメイクで、顔の横でピースサインをつくっている。

メインは私じゃないのかよ、と心の中で突っこむ。母の隣には金のネックレスをつけた、母に負けないくらいの色黒のおじいちゃんが写っていた。おじいちゃんといっても当時はまだ四十代のはずだから、そうは見えない。

ちなみにおじいちゃんは私が幼稚園の頃におばあちゃんと離婚しているので、私はほとんど覚えていない。

次のページには幼稚園の頃の写真。春奈と一緒に写ったものも数枚あって嬉しくなる。春奈とはこのときから親友で、彼女は当時から体が弱く幼稚園も休みがちだった。
また一枚ページをめくると、小学生時代の私の写真がたくさん貼られていた。その
うちの何枚かは春奈も一緒だ。母と写っている写真も多かった。
そこで私の手は止まる。柏木さんの娘さん――凜ちゃんはどうなのだろうと、ふと
思ったのだ。凜ちゃんは三歳で母親を亡くし、祖父母に引き取られた。三歳以降、両
親と写った写真が増えることはない。
ため息をついてアルバムをそっと閉じる。なぜ休日にわざわざ落ちこまなきゃいけ
ないのだろう、とがっくりと肩を落とす。
携帯を開き、日課となっているSNSチェックをする。私が投稿したネイルの写真
に対するコメントやいいねの通知がたくさん送られていた。
少しでもお店の宣伝になればと、入社当初から私が手がけたネイルをお客さんの許
可を得て撮影している。この投稿を見て、気に入ってくれた人が実際に来店してくれ
ることも少なくない。直接DMが来て予約を取ってくれるお客さんもいる。
ネイリストにとってはSNSをうまく活用することも仕事のひとつと言える。
届いたコメントに返事を打って画面を閉じようとしたとき、『知り合いかも？』の
欄にふと目が留まった。
アイコンに設定してある車の写真に見覚えがあった。柏木さんの車と同じ車種で色

も同じ。アカウント名は『K・RYO』となっている。

きっと柏木さんだと胸が高鳴り、私はそのアカウントを覗いてみる。おそらく連絡先を交換したから『知り合いかも？』の欄に表示されたのだろう。

が、私はすぐに覗いてしまったことを後悔する。そこには数十枚もの写真が投稿されていて、奥さんや娘の凜ちゃんの写真が何枚もあった。

「綺麗な人……」

奥さんの写真を見て、思わず声が漏れた。凜ちゃんも奥さんに似てかわいらしい顔立ちをしている。公園で撮ったものや保育園に通う凜ちゃんの写真まであった。

そこにはたしかに、幸せな家族の姿があった。

最新の投稿は五年前。『HAPPY　BIRTHDAY　凜』の文字と、三本の蠟燭が立てられたケーキと一緒に凜ちゃんが写っていた。その写真を最後に投稿は途絶えている。

その日から柏木さんの時間は止まったままなのかもしれない。きっともう、二度とSNSが更新されることもないのかもしれない。

そう思うと目の奥が熱くなった。今はもう、この幸せに満ちた家族はどこにもいないのだ。見なければよかったとさらに気分が沈んでいく。

そのとき、玄関のドアが開く音が聞こえて携帯の画面を閉じる。「あれ？」と玄関から母の声が届いた。

「あら、綾香来てたの？　来るなら来るって言ってくれたら、いろいろ買ってきたのに」

買いもの袋を手に提げた母がリビングに入ってくるなりそう口にした。半袖のTシャツにショートパンツ姿。四十歳になったとはいえ服装が若々しく、一緒に街を歩けば姉妹とまちがわれることがよくあった。

「ごめん、すぐ帰るつもりだったから」

「まったくもう」

『綾香の成長記録』と書かれたアルバムをじっと見つめ、私は少し躊躇ってから母に訊ねた。

「ねえ、ちょっと聞きたいんだけど」

買ってきたものを冷蔵庫の中に詰めながら、「なぁに？」と母は聞き返した。

「なんていうか、ひとりで私を育てるの……大変だった？」

私がそう問うと、母は手を止めて振り返る。

「どうしたの？　急に」

「いいから。なんかちょっと気になって」

「そりゃあ大変だったわよ。男手があったらなぁって何度も思ったし。でも綾香は手のかからない子だったから、そこまでじゃなかったけどね」

母は笑顔を見せてそう答える。子どもながらに母を気遣ってわがままは言わないようにしていた私。というか、泣いてばかりいた母のせいでそうするしかなかった。

「お母さんは、私とふたりで幸せだった？」

「どうしたのよ、あんた」

「いいから、答えて」

冷蔵庫のドアを閉めて母は再度私に向き直る。「そんなの、当たり前じゃない」と母は即答した。

「そっか、ありがと。私、そろそろ帰るね」

「もう帰るの？　もっとゆっくりしていけばいいじゃない」

今度ね、と告げて私はボストンバッグを手にして玄関へ向かう。母に背を向けたとたん引き締めていた口元が緩んでしまう。

母が即答してくれたことがなにより嬉しかった。母も私と同じ気持ちだったのだと。思わずにやけてしまいそうになり、堪えきれず私は母の前から逃げ出した。

靴を履いて扉の取っ手を摑むと、母が私の背中に問いかけた。

「綾香は、私とふたりで幸せだった？」

私は振り返って迷わずに答える。

「もちろん、幸せだった」

それだけ伝えて家を出る。父親がいる家族はどんな感じなんだろうって考えたことは何度もあった。でも、私は母とふたりでも十分楽しかった。お父さんがいないなんてかわいそうだと言われたこともあるが、幸せな学生時代を過ごしたと今は思う。

携帯を手に取り、歩きながら慶司に電話をかける。彼はすぐに出てくれた。

「もしもし」

「慶司？　ちょっと話があるから、今から会える？」

急な誘いにもかかわらず慶司は応じてくれて、一時間後に会うことになった。

私の中で、ようやく答えを導き出せた。電話越しにではなく、直接会ってまずは慶司に気持ちを伝えようと思った。


「ごめん。私、慶司とは付き合えない」

慶司の自宅近くの公園で彼と落ち合い、私は単刀直入に告げた。ここには付き合っていた頃に何度か慶司と来たことがあった。

ふたり並んでベンチに腰掛け、私はじっと彼の返答を待つ。夕焼け色に染まった園内には、走り回る子どもたちの姿や遊具で遊ぶ親子連れの姿があった。

「……そっかぁ、だめか。まあ、そんな気はしてた」

慶司は風船がしぼむように息を吐き出し、力なく言った。学生の頃は告白されるたびに「無理！」と無情にも宣告していた私だが、さすがにそんなひと言では片付けられなかった。

「実は気になってる人がいてね、その人のことしか今は考えられないの。好きって言ってくれて嬉しかった。ありがとね」

こんなに丁寧に告白を断ったのは初めてかもしれない。私が振られたわけじゃないのに、なぜか涙が込み上げてくる。たぶん、慶司と付き合っていた頃の思い出や、そのせいで春奈と気まずくなったこと、それに今の私の精神状態が影響して涙腺が刺激されてしまったのだろう。

慶司が「なんで綾香が泣くんだよ」と笑ってくれて、余計に涙が止まらなかった。そして慶司は最後に、「応援してる。頑張れよ」と私の背中を優しく叩いてくれた。私は何度も頷いて、慶司にお礼を言ってから半泣きのまま公園を出た。

公園を出たあとは歩いて自宅まで向かい、また少し泣いてから携帯を開いた。日が沈み、街灯の光だけが私の足元を照らしている。

そのとき、私の涙に誘発されたように雨が降ってきた。今日の予報は曇りで、降水確率は三十パーセントだったのに。傘を持っていなかったのでちょうど通りかかったタクシーに飛び乗り、携帯を手に取った。

そこで私は、柏木さんにメッセージを送った。

『こんばんは。どうしても話したいことがあります。次の休みの日、会えませんか？』

迷うことなく送信して携帯を閉じる。きっと慶司が私の背中を押してくれたからだ、と彼に感謝する。

目をそっと閉じると、娘の存在を私に打ち明けたときの、柏木さんの寂しそうな横顔が蘇る。やっぱりどうしても彼を放っておけない。お節介だと思われてもいい。

早坂が、後悔しないようにと私を無理やり春奈と引き合わせてくれたように、私も彼になにかしてあげたくなった。境遇はちがうけれど、過去にとらわれている今の柏木さんはあのときの自分を見ているようで、彼にも後悔してほしくないと思った。

私はこの恋を諦めかけていたが、思い直した。この恋はなにがなんでも成就させてやる。

だって、今のこんな私じゃ、天国で私を見ている春奈と早坂に、きっと笑われてしまう。

余命宣告をされて未来を絶たれたふたりは、それでも恋をしていたのだ。もうすぐ死んでしまうかもしれないのに、限られた時間の中でふたりは精一杯の恋をしていた。

それなのに私は、ちっぽけなことに悩み、簡単に恋を諦めようとしていた。本当に馬鹿だと今になって気づかされた。

四股をする男だったり、余命宣告された男だったり、奥さんと死別した子どものいる男だったり。どうして私はこうも特殊な男ばかり好きになってしまうのだろう。

自分に呆れてまた涙が頬を伝って零れ落ちた。きっと母親に似たのだろうなと、今度は自嘲気味に笑う。

マンションに着いて鞄の中にある部屋の鍵を探していると、携帯が鳴った。画面に目を落とすと、柏木さんからの返信だった。

『わかりました。次の日曜日なら大丈夫です。時間は、また連絡します』

断られなくてよかったと安堵し、了解ですとパンダが告げるスタンプを返して画面を閉じた。


待ち侘びた梅雨明けを迎えた七月の第三日曜日。

どうして人間は夏の暑さに適応できない生きものなのだろう、と辟易しながら私は待ち合わせのカフェへと向かった。

そういえば冬にも逆のことを考えていた気がするな、と思いつつ入店し、彼の姿を探す。まだ到着していないようだった。

一番奥の席に案内され、私はアイスカフェラテを注文して柏木さんの到着を待つ。

メニュー表を見たり、店内を見回してみたりとそわそわして落ち着かなかった。

手持ち無沙汰に携帯を開いてSNSをチェックする。

先日慶司の告白を断ったと先輩たちに告げると、なんてもったいないことを……と先輩のひとりに言われたが、店長の梨沙さんはそれでいいと思う、と私の選択を尊重してくれた。いい上司に恵まれたなと、つくづく思う。

「久しぶり」

数分後、柏木さんはやってきた。会うのは一ヶ月半ぶりで私は少し緊張していたが、彼の笑顔を見て和らいだ。

「お久しぶりです。なにか飲みますか」

「うん。ありがとう」

柏木さんにメニュー表を渡すと、彼はいつものようにアイスコーヒーを注文した。

「あれから行ってるの？　『グリーフカフェおのでら』に」

柏木さんは注文を終えると、涼しげな表情で私にそう訊ねる。その表情の中に寂しさが混じっていることを私は見抜いた。

「先週は行かなかったけど、その前は行きました。また近いうちに行こうと思ってます。柏木さんはもういいんですか？」

「そっか。僕も気が向いたらまた行こうかな。いつになるかわからないけど」

そうですか、と答えると私たちのテーブルには沈黙が落ちる。柏木さんの飲みものが届いたら話そうと決めて、じっとそのときを待った。

「それで、話って？」

そのときが来る前に柏木さんに切り出され、私は深く息を吐いてから口を開く。しかしそのタイミングでアイスコーヒーが運ばれてきた。

柏木さんがひと口飲んだのを見届けてから、私は仕切り直す。

「えっと、実は私、母子家庭で育ったんです。父親とは一度も会ったことがなくて、女手ひとつで育てられました」

まさか呼び出されていきなりそんな話を聞かされるとは思っていなかったのだろう。彼は一瞬面食らったように目を丸くしたが、すぐに顔を引き締めた。

本題に入る前に私の生い立ちを順序立てて話そうと、昨日から決めていた。

「そうだったんだ。綾香も大変だったんだね。たくさん苦労もしたでしょ」

「……大変ではなかったです。最初から父親はいなかったので、私にはその環境が当たり前でした。お母さんは大変だったと思うけど、私はべつに苦労はしてないです」

そっか、と柏木さんはぼそりと言い、間を埋めるようにアイスコーヒーを口に含んだ。

「お母さんは家を空けてばかりで、一緒にどこかへ出かけるとかそういうことはほとんどなかったんですけど、それでも私はお母さんと一緒に暮らせて幸せでした」

柏木さんは私がなにを言いたいのかなんとなく察している様子で、気まずそうに頷くだけだった。

「私がこんなことを言うのはおかしいかもしれないけど、どんなに大変でも、柏木さんは凜ちゃんのそばにいるべきだと思います。凜ちゃんと一緒に暮らした方が、凜ちゃんもきっと幸せだと思います」

無関係の私が、彼の家庭の問題に口出ししていい立場ではないことくらいわかっている。でも、娘の話を私に打ち明けたときの柏木さんを見ていて気づいた。

彼は凜ちゃんを手放したことを、数年経った今でも後悔しているのだ。断言はできないが、少なくとも私にはそう見えた。

私も高校生の頃、いつか春奈と仲直りがしたいとずっと思っていた。思っているだけで、自分の意思では動けなかった。

柏木さんもきっと、本当は凜ちゃんと一緒に暮らしたいと思っているはずだ。けれど、頭でそう思っていても行動には移せていない。

あの頃の私と同じだ。早坂が私の背中を押してくれたから、私は春奈と仲直りができた。でも、柏木さんには背中を押してくれる人がいない。だったら、私が動くしかないと思った。奥さんだけでなく、娘さえも失ってしまった柏木さんが気の毒でならなかった。

「親と暮らすべきっていう意見はもちろんわかるけど、でも凜は祖父母と暮らす方が幸せになれると思う。現に凜は今、なに不自由なく元気に暮らしているし、きっと僕のところへは戻りたくないんじゃないかな」

「それは柏木さんが勝手にそう思ってるだけですよね。凜ちゃんがそう言ったんですか？」

私が指摘すると、柏木さんは眉間に皺を寄せて押し黙る。私はさらに詰問する。

「柏木さんは、本当は凜ちゃんと一緒に暮らしたいんですよね？」

そうですよね、ともうひと押し付け加えると、彼は私の目を見て答えた。

「自分の子どもと暮らしたくない親なんていないよ。でも、もう五年前に凜は義理の両親に預けるって決めたんだ。今さらやっぱり返してくださいなんて言えないし、一緒に住んだとしてもまた同じことの繰り返しになるだけだと思う」

仕事に子育てに家事にと追われ、手が回らなくなって凜ちゃんを預けたと以前彼から聞いたが、そんなの言い訳にしか聞こえない。

実際にひとりで子どもを育て、仕事も家事も両立している人なんか世の中にはごまんといる。私の母だってそうだった。

もしかすると柏木さんは、凜ちゃんがそばにいると奥さんの不在を強く感じてしまうから、逃げているだけなのかもしれない。

　こんなとき、妻がいたら。凜ちゃんを育てているうちに、そんなふうに思う場面もたくさんあるはずだ。でも、ひとりならそういうことを考えなくて済む。凜ちゃんと暮らすことを躊躇っている理由は、それも影響しているのかもしれない。

　ひと呼吸置いてから、私は意を決して柏木さんに告げる。

「ひとりで育てるのが難しいんだったら、私も手伝うから」

　柏木さんは俯いていた顔を上げ、私の目をじっと見つめる。

「どうして綾香が？　さすがに綾香には迷惑かけられないよ」

「好きだからだよ」と敬語も忘れて私は言下に答える。

　少し早口になってしまったからか、柏木さんは「ん？」と聞き返した。

「だから、柏木さんのことが好きだから、手伝いたいの。二回も言わせないでよ」

「……そっか。ありがとう」

　柏木さんは儚げにそう囁くだけで、また口を閉ざした。

「ありがとうって……それだけ？」

「いや、ごめん。本当に嬉しくて。でも綾香はまだ若いし、僕みたいな男よりもっといい人がいると思うよ」

　柏木さんはまたそうやって自分を卑下する。そういう卑屈なところも早坂にそっくりで、腹の底からじわじわと怒りが込み上げる。

私はそんなことないと語気を強めて首を横に振ったが、彼はもう凛ちゃんがいない生活を受け入れているようで、頑なに私の主張を拒んだ。

「本当にそれでいいの？　このまま凛ちゃんを預けたままで、本当にいいの？」

私はしつこいくらい柏木さんの意思を確かめる。でも、柏木さんひとりの問題ではないため、これ以上深入りはできない。

最終確認のつもりで訊ねたが、私の期待した言葉は返ってこなかった。

「うん、いいんだ。それが凛のためだから」

どうしてわかってくれないのだろう、と失望する。でも、柏木さんがそう言うのなら私はもうなにも言えない。自分の思いはしっかり告げたし、好きだってことも伝えられた。軽く受け流された気もするけれど。

「僕と暮らしたら凛はきっと不幸になると思う。それに、ひとり親なんてかわいそうだし」

「不幸？　かわいそう？」

気が立っていたせいか、柏木さんがなにげなく発した言葉を、私は聞き流すことができなかった。

「うん。運動会とか授業参観とか、そういう行事には駆けつけるけど、やっぱり親がひとりしかいないのって、かわいそうだよなって」

「……なにそれ」

柏木さんが放った言葉を聞いて、私の怒りはついに頂点に達した。けれど声を荒らげることはせず、溢れそうな感情を抑えて努めて冷静に言葉を返す。

「母子家庭で育った私が、一番辛かったことってなんだかわかる？」

問いかけた声が震えていた。それは怒りからきたものなのか悔しさからきたものなのか、あるいは両方なのか。私は下唇を嚙みしめて彼の返事を待った。

「……やっぱり父親がいないことによる寂しさとか、ほかの友達が羨ましかったりだとか、そういうのかな」

ちがうよ、と私は否定する。寂しさや羨ましさはもちろんあった。でも、そんなことよりももっと辛かったのは、人に同情されることだった。

「母親しかいないことがかわいそうだとか、不幸だって言われることが一番辛かったし悔しかった。そういう目で見られるのもすごく嫌だった。私は幸せに生きてきたし、自分がかわいそうだと思ったことも不幸だと思ったこともない。それなのに、勝手なイメージで他人にとやかく言われることが一番辛かったんだよ」

入学式や運動会。授業参観や卒業式に決まって言われるのは「綾香ちゃんのお父さんは来てないの？」という言葉。ほかの皆にとっては父親がいるのは普通のことなのだ。父親がいない私の家庭は普通じゃない。

私は次第にそう認識するようになり、父親のことを聞かれるたびに逃げ出したくなった。

事情を知っている友達や先生は気を遣って直接的には言わないけれど、「綾香ちゃんの家はちょっと複雑なの」というひと言で片付けられることがよくあった。なにも複雑なことなんてないのに、父親がいないだけでほかの子とはちがうみたいな目で見られたくなかった。なにも知らないくせに、父親がいないだけでかわいそうだなんて誰にも言われたくない。

だから私は、自分の娘をかわいそうだと言った柏木さんが許せなくて、気づいたときには涙が溢れていた。凜ちゃんがかわいそうだと言うなら、私もかわいそうだということになる。まるで私の人生を否定されたような気分だった。

「片親だから不幸だなんて誰が決めたの？　親がふたりいたって幸せとは限らないじゃない。他人に言われるならまだしも、どうして父親がそんなことを言うの？」

柏木さんは「ごめん」と、親に叱られた子どものように謝った。私は泣きながらさらに彼を責め立てる。

「幸不幸は人が決めることじゃなくて、自分が決めることなんだよ。他人が不幸だと思っても、自分が幸せならそれでいいじゃん」

柏木さんと、あの頃の悩んでいた自分に告げるように私は言い切る。人になにを言われようと、私は幸せなんだと信じ続けてきた。誰かにそう言ってほしかった。それでいいんだよと、あの頃の私を抱きしめて安心させてあげたい。凜ちゃんも、柏木さんも。

「それでも凜ちゃんが不幸だと思うなら、その分いっぱい愛してやればいいじゃない。凜ちゃんのそばにいて、世界一幸せにしてやればいいじゃん！」

言いながらぼろぼろ涙が零れ落ちる。つい熱くなって声を張り上げてしまい、周りの視線が私たちのテーブルに注がれる。

鼻水も垂れてきて不格好だけれど、今はどうだっていい。ただ、凜ちゃんのことを思うとどうしても我慢ならなかった。

返事がないので袖で涙を拭いながら顔を上げると、柏木さんの肩が小刻みに震えていた。彼は右手で目元を押さえ、涙を堪えているようだった。

「そうだよな。そのとおりだよな。親が子どもを不幸だなんて決めつけるの、絶対だめだよな」

その言葉を皮切りに、柏木さんは頭を抱えて嗚咽《おえつ》した。息を震わせ、「馬鹿だ」と何度も呟いて彼は静かに悔悟の涙を流した。

周りの視線など気にも留めず、私たちはしばらくの間、ふたりで声を殺して泣き続けた。

窓の外は、しとしとと雨が降っていた。

花言葉

猛暑日が連日続いて夏バテ気味の私を元気づけようと、その日、ネイルサロンの先輩たちがご飯に誘ってくれた。けれどそれはただの口実で、私の恋の行方を聞き出したいだけにちがいなかった。

「今度、柏木さんの娘さんと会うことになりました」

今朝、先輩たちにその後柏木さんとどうなったのか問われ、正直にそう告げた。みんなは興味津々だったが開店時間が迫っていたので詳しくは話せず、休憩中に「綾香ちゃん夏バテって言ってたから、今日仕事終わったらお肉食べにいこう」と誘われたのだった。

そして終業後にやってきたのは焼き鳥屋で――夏バテに効果があるのは豚肉らしいのだが――先輩たちは鳥串ばっかり注文しだした。やっぱり私の恋の話を聞きたいだけなのだなと、半ばやけになって私も鳥串を頬張った。

柏木さんと涙を流しながら言葉を交わし合った日から、約二週間。

あれから柏木さんは凜ちゃんと毎週末会うようになって、あちこち出かけているらしい。

先日は久しぶりに凜ちゃんを家に連れてきて料理を振る舞ったと聞いた。そのときの写真がたくさん送られてきて、嬉しくなってこっそり保存したのは内緒だ。

『おのでら珈琲店』で柏木さんとふたりで話したこともあった。嬉しそうに凜ちゃんの話をする柏木さんの顔は以前に比べて晴れやかで、自然とこちらまで笑顔が増える。

凜ちゃんにも義理の両親にもまだ話していないそうだが、近いうちに凜ちゃんと暮らすために料理を猛勉強しているようで、彼は今度教えてくださいと私に頭を下げた。家事や料理の腕を上げて義母を安心させたいのだと彼は意気ごんでいた。

先輩たちにそこまで話したところで、当然の疑問が飛んでくる。

「それで？　綾香ちゃんの告白の返事はどうなったの？」

痛いところを突かれて言葉に詰まる。実を言うとそれを知りたいのは私も同じだ。あの日の私の告白などなかったことのように柏木さんは一切触れてこない。もう一度告白する雰囲気でもないし、気まずくて私の方からその件を話題に出すこともできず、彼とは不即不離の関係となっていた。

「柏木さんは綾香ちゃんにも幸せになってほしいと思ってるから、もしかしたら身を引いてるのかもね」

私が黙りこくっていると、それまで静観していた梨沙さんが声を上げた。

「そうなんですかね……」

「だって言われたんでしょ？　綾香ちゃんにはもっといい人がいると思うって。はっきりと断らないのは、きっとそういうことだよ」

絶対そうだよ、とふたりの先輩たちも梨沙さんの意見に同調した。

「柏木さんは凜ちゃんを幸せにしたいし、綾香ちゃんにも幸せになってほしいから、躊躇ってるんだと思う。恋に臆病になっているというか。だから綾香ちゃんがガンガン押せば折れるんじゃないかな。まあ、全部私の推測だけど」

ビールジョッキを片手に梨沙さんはそう分析した。もしそうだとしたら、柏木さんは私の言ったことをまだ理解してくれていないことになる。

――幸せかどうかは、本人が決めること。

押し倒しちゃえ、と早くも酒に呑まれた様子の先輩が与太を飛ばし、梨沙さんがいつものようにたしなめる。私はその様子を眺めながらお酒をちびちび飲む。

その後は先輩が合コンで失敗したときの話に切り替わり、しまいには泣き出してしまって今度は彼女が梨沙さんに慰められていた。

「柏木さんが一歩踏み出せずにいるのは、もしかしたら奥さんの存在もあるのかもね」

二次会のカラオケが終わって店の外に出ると、梨沙さんが唐突に話を切り出した。ほかの先輩ふたりはもう一軒行くらしいが、私と梨沙さんは丁重にお断りして繁華街を抜け、駅方面へと歩いている。

「私もそれはなんとなくあるだろうなって気はしてました。奥さんを亡くしてからもうすぐ五年になるらしいんですけど、きっと本人にとってはそんな短い時間で気持ちを切り替えるなんて難しいんでしょうね」

「柏木さんはまだ若いんだし、五年経つならもう前を向いてもいいような気もするけどね」

梨沙さんは難しい顔をして言う。

おそらく柏木さんの五年と、私たちの五年では時間の流れ方もちがうのだろう。もしかすると時間の問題ではないのかもしれない。たとえ十年経っても、二十年経ったとしても、大切な人を喪った痛みはきっとなくならないのだ。

私だってそう。早坂を亡くしてから二年。春奈を亡くしてからはもうすぐ五年が経つのに、胸の痛みは癒えないままだ。

「綾香ちゃんを不安にさせるつもりはまったくないんだけど、奥さんの誕生日とか、命日とか、結婚記念日とか。自宅には仏壇とかもあるわけだし、もし柏木さんと付き合うことになったらそういう日もやってくるわけだから、いろいろ苦労することは覚悟しておいた方がいいと思うよ」

梨沙さんの言葉が重くのしかかる。たしかにそういうことも頭に入れておかなくちゃいけない。でも、それよりも私が一番懸念していることは、柏木さんに近づいたり、凜ちゃんと触れ合ったりすることで奥さんに恨まれないだろうか、ということだった。

もちろんそれ以前に凜ちゃんと仲良くなれるだろうかとか、気にかけるべきことは山ほどある。でも、私にとっても亡くなった奥さんの存在は大きかった。告白はしたものの、それ以上積極的になれないでいるのもまさにそれが要因だ。

きっと私がどんなに頑張っても、柏木さんの奥さんには一生勝てない。最近はそういうことまで考えてしまって、問題は山積みで八方塞がりだった。

「それでも好きなんだったら、その気持ちを優先するべきだよ。その気持ちさえあれば、どんな問題でも解決できると思う」

相変わらず梨沙さんは、そのとき私がかけてほしい言葉を与えてくれる。否定せずに、私が向いている方向へと優しく導いてくれる。

そうですよね、と私は何度も頷いた。

駅で梨沙さんと別れ、私は少し酔いを覚ますのと、物思いにふけりたい気分だったので二駅分歩いた。

ここ最近の猛暑はどこへやら、今日は気温が低めなこともあって夜風が心地いい。このままどこまでも歩いていけそうなほど足が軽かった。

次の日曜日。私はお昼前に柏木さんの自宅に招かれた。学校は夏休みに入り、凜ちゃんが昨日から泊まりに来ているそうで、昼食を一緒につくってほしいと頼まれたのだ。

私の自宅まで車で迎えにきてもらい、そこで初めて凜ちゃんと顔を合わせた。

「こんにちは。三浦綾香っていいます」

凜ちゃんがいる後部座席に乗りこんで声をかけると、彼女はあの人気アニメのぬいぐるみをぎゅっと抱きしめて緊張した面持ちで私を見つめていた。髪の毛は肩にかかるくらいの長さで、ぱっちりとした二重まぶたが印象的な、写真で見たとおりのかわいらしい女の子だ。

「凜、挨拶しなさい」

私をじっと見つめて瞬きすらしない凜ちゃんは、父親の声でようやく目をぱちぱちと動かし、「こんにちは。柏木凜です」と小声で名乗った。

「よろしくね」と微笑みかけると、「よろしくお願いします」と凜ちゃんは丁寧に返してくれた。

柏木さんの自宅に着くまでの間、凜ちゃんに学校のことや得意な科目を聞いたりして意外と会話は弾んだ。柏木さんからは人見知りをする子だと聞いていたが、そんな印象は受けなかった。

「お邪魔します」

柏木さんの自宅は小綺麗な五階建てのマンションだった。靴はすべて靴箱に収納されているようで、玄関には靴が一足も置かれていない。リビングに通されて室内を見回すと、想像していたよりも部屋は綺麗で、私は思わず声に出していた。

「思っていたより綺麗」

「最近は家事頑張ってるから」

家事が苦手だと言っていたが、凜ちゃんと暮らすために少しずつ克服しているのだ。

時刻は正午過ぎ。さっそくキッチンを借りて、凜ちゃんがリクエストしたというオムライスを柏木さんとふたりでつくっていく。オムライスは奥さんの得意料理だったらしく、奥さんのレシピどおりにつくっても同じ味にならないと柏木さんは嘆くのだった。

同じ工程を踏んでもプロと素人では味のちがいが出て当然だ。食材をカットする大きさや火の通し具合、調味料を入れるタイミングなど、要因はいくらでもある。

奥さんの手書きのレシピは素人が見てもわかりやすいようにつくられており、猫のイラストも添えられていて愛情が感じられる。

包丁を手にして玉ねぎを刻む柏木さんの指先を見て気づく。彼の指には、今日も指輪がはめられていた。

それを見て、私の手はぴたりと止まる。私が今しているエプロンも、使っている調理器具も、かつて奥さんが愛用していたものではないだろうかと、ついそんなことを気にしてしまう。

そう考え出すと止まらなくなって、奥さんに見られている気分になった。

「あ、おいしい。同じレシピなのにつくる人が変わるだけでこんなにちがうんだ」

完成したオムライスをひと口食べると、柏木さんは私の料理を褒めちぎってくれた。母が家を空けてばかりで小学生の頃から料理はしていたので、腕にはそれなりに自信はあった。

「パパがつくったのよりおいしい！」

凜ちゃんも絶賛してくれてほっとする。でも、きっと凜ちゃんのママがつくったオムライスには勝てないんだろうなと、また余計なことを考えてしまう。

昼食が終わると、私はリビングを見回してひと息つく。奥さんが写った家族写真だとか、そういった奥さんの思い出の品などがあるのかと思っていたが、それらしきものはリビングには置かれていなかった。

「綾香ちゃん、こっち来て！」

リビングと直接繋がっている隣室の引き戸を開けて、凜ちゃんが私を手招きする。

私のことを綾香ちゃんと呼んでくれて舞い上がった。

「なになに？」と彼女のあとに続いて隣室に足を踏み入れると、そこには仏壇が置かれていた。

「これ、凜のママなの」

凜ちゃんは仏壇に置かれた遺影を指さして言った。

写真の中から、髪の長い綺麗な女性が私を見ていた。写真の女性は優しく微笑んでいるのに、睨まれているような気がしてならない。そんなわけないのに、そう考えてしまう自分が嫌になる。

「……そうなんだ。優しそうなママだね。ねえ凜ちゃん、あれはなぁに？」

私は線香を上げることもできずに、リビングにあったおもちゃを指さして凜ちゃんと一緒に仏壇がある部屋を出る。

罪悪感に駆られながら、私はうまく笑えているかもわからない顔で笑って、おもちゃの使い方を一生懸命教えてくれる凜ちゃんと遊ぶことで気を紛らわせた。

柏木さんはそんな私の様子に気づくことなく、流しで食器を洗っていた。

『今日はありがとう。凜、すごく喜んでた。再来週の日曜日に花火大会があるんだけど、よかったら一緒に行きませんか。そこで凜に一緒に暮らさないかって聞くつもりです』

自宅まで送り届けてもらったあと、柏木さんからメッセージが届いた。

毎年八月の中旬頃に開催される花火大会。それは春奈と早坂が一緒に見るはずだったもので、私と早坂が彼の病室でふたりで見た花火と同じものだった。

私は最初、彼の誘いを断ろうと思った。柏木さんはもう、前を向いて歩き出している。凜ちゃんとの生活に向けて、必死に頑張っている。

そこに私という人間は必要ない気がして、彼の誘いに素直に応じるべきか躊躇った。

既読をつけたまま数時間放置して、結局『行きます』と返事をした。

最後にふたりの結末を見届けてから、姿を消そう。私は柏木さんに自分の思いは告げたし、もう私にできることはなにもない。なにより、彼の奥さんに嫉妬してしまう自分が嫌で、同時に奥さんに申し訳ないという気持ちが強くてこれ以上は耐えられそうにない。

『了解！　時間はまた連絡します』

柏木さんから返事が届き、私はぺこりとうさぎが頭を下げるスタンプを送り返した。


花火大会当日。私と柏木さんと凜ちゃんは、会場へと向かう雑踏の中を歩いていた。凜ちゃんを真ん中にして手を繋ぎ、まるで三人家族のように。

夏休みの間、凜ちゃんは毎週末柏木さんの自宅に泊まりに行く予定だそうで、来週はどこへ行こうか、などと話すふたりの会話に私は入れない。そのまま黙って凜ちゃんの歩幅に合わせて歩いた。

「来週はお母さんの命日があるから、お墓参り行こう」

柏木さんのなにげないひと言に、私はまた胸を痛める。でも、この胸の痛みも今日までだと思うと、寂しいような、ほっとするような。自分でも理解しがたい感情が頭の中を支配していた。

「それにしても、雨降らなくてよかったな。凜がてるてる坊主つくったおかげだ。ね、綾香」

「あ、うん。そうだね」

今日のために凜ちゃんがてるてる坊主をつくったと、先日柏木さんからそのときの様子を撮った写真が送られてきたのを思い出した。一週間前から天気予報は雨になったり晴れになったりを繰り返して、当日は曇りに落ち着いた。

会場の河川敷にはたくさんの屋台が並んでいて、凜ちゃんはわたあめを、私はいちご飴を買った。

「ここにしよう」

適当な場所にレジャーシートを敷き、柏木さんは飲みものを買ってくると私と凜ちゃんに告げ、雑踏に消えた。

「ねえ。綾香ちゃんって、パパのこと好きなの？」

隣から急に大人びた声が聞こえて、どきりとした。いつもの無邪気な凜ちゃんの声と比べ、トーンもいくらか低い。

「綾香ちゃんも大変だね」

私が声を発せずにいると、凜ちゃんはわたあめを頬張りながら嘆息する。それから
わたあめを手でちぎって、「食べる？」と私に差し出した。

「ありがとう。凜ちゃんって、意外と大人っぽいとこあるんだね」

わたあめを受け取ると、凜ちゃんは「まあね」と得意げに頷いた。

「わたし、パパの前では猫被ってるから」

「そうなの？」

「そうなの。パパもいろいろと大変そうだから、なるべくパパの前ではいい子でいる
ようにしてるの」

ずいぶん達観している小学生だな、と思わず笑ってしまう。両親と離れ、祖父母と
暮らしているうちに、大人の顔色を気にする子に育ってしまったのだろうか。

思えば私もそうだったかもしれない。母のことを気遣って手のかからない子でいよ
うとなにかと我慢して過ごしていた。

凜ちゃんも子どもながらに父を気にかけているのだろう。

「凜ちゃんはママがいなくて寂しい？」

「うーん、寂しいけど、パパの方が寂しそう。いつもひとりだし、ちょっとかわいそ

うだなって思う」

かわいそう、と凜ちゃんが口にした言葉を繰り返す。柏木さんも以前、自分の娘をかわいそうだと言っていた。親子揃って同じことを憂慮していたなんて笑えてくる。

「ママのこと、気にしてるの？」

「え？」

聞き返すと、凜ちゃんは上目遣いで私を見つめる。まさか見抜かれているとは思わなかった。

「だってこの前、ママの仏壇の前で泣きそうになってたし」

「……そんなことないよ」

「ふうん。よくわかんないけど、大人っていろいろ大変なんだね」

ちぎったわたあめを口に運びながら凜ちゃんは平然と言う。そうかもね、と笑いかけるだけで精一杯だった。

「あ、パパ戻ってきた。パパおかえり～」

柏木さんが戻ってくると、凜ちゃんは声色を変えて父親に抱きつく。その様子を見て、柏木さんは幸せ者だなと笑みが零れた。

その後すぐに花火が上がり、河川敷に訪れた人たちが一斉に夜空を見上げる。ここ数年は自宅のベランダからわずかに見える花火を遠くから見たきりで、こうやって腰を据えて間近で花火を見るのはずいぶん久しぶりだった。

川を挟んだ向こう岸には、春奈と早坂が入院していた病院が見える。早坂とふたりで見た花火が突如フラッシュバックして、胸が詰まりそうになった。

今日で終わりにしよう。私の恋は、今回もやっぱり短命だった。この夜空に輝く花火のように、ぱっと花開いて、あっけなく散っていく恋。

恋を花火と比喩すると美しいものに感じられるけれど、そんなことは決してない。どちらかというと線香花火のように地味で、華やかさの欠片もなく、気づいたときには終わっている。私はそんな恋をしてばかりだ。

明日から私は、ちょっとは楽になれるはず。今はなにも考えず、花火を楽しもう。そう自分に言い聞かせ、私は頬を伝った涙をそっと指先で拭った。


「凜、パパと一緒に暮らさないか」

花火大会の帰り道。また三人並んで雑踏の中を歩いていると、柏木さんが咳払いをしたあとに切り出した。握っていた凜ちゃんの手に力が入ったのを感じた。

「今すぐにってわけじゃないんだ。学校も替わるし、おばあちゃんたちにもまだ話してないから、凜がどうしたいかまず聞きたくてさ」

凜ちゃんが返事をする前に柏木さんは捲し立てる。沈黙が怖いのか、彼はさらに続ける。

「凜と一緒に住むことになったら料理教室に通って、もっとおいしいご飯をつくってやる。あと、この前高性能の掃除機買ったから、おばあちゃんちみたいに部屋も綺麗にできるし、それから……」

「いいよ」

柏木さんが自分と暮らすメリットをプレゼンしていると、凜ちゃんが父親を見上げて高らかに言った。

「凜もパパと暮らしたい」

「え、本当に？」

「うん。パパと暮らす」

そっか、と柏木さんは安堵したように息を漏らす。それから私を見て、小さくガッツポーズをした。


花火大会の日から一ヶ月間、私は柏木さんには会わなかった。連日のように彼から連絡が来て返事はしていたが、先週届いたメッセージには返事をしなかった。

『来週会えませんか』

そのメッセージには既読をつけただけ。

　柏木さんはあのあと、義理の両親にもう一度娘と暮らしたいと正直に伝え、了承を得たと聞いた。十月からふたりでの生活が始まるらしく、頑張ってくださいとだけ彼に伝えた。先輩たちにも「やっぱり私には無理でした」と、柏木さんとの恋を諦めたことを報告した。

　覚悟が足りなかったのだと思った。ＳＮＳに投稿された幸せそうな家族写真を見て、奥さんの仏壇を前にして、私の居場所はここにはないと怯んでしまった。一生奥さんのことを気にして生きていかなくてはならないのだと考えると、最後の一歩が踏み出せなかった。

　きっと柏木さんも同じ気持ちなのだろう。彼が私の告白を受け入れてくれなかったのは、奥さんに後ろめたさを感じたからにちがいない。凜ちゃんが許してくれても、奥さんは許してくれない。私が奥さんなら、私みたいな女が近づこうものならきっと呪いをかけるにちがいなかった。

　せっかくまた人を好きになれたのに、振り出しに戻ってしまった。どうして私の恋は、いつもうまくいかないんだろう。そういう星の下に生まれてきたのかもしれない。だったらもう、恋なんてしなくていい。

　別の幸せを見つけたらいいんだ。なにも恋愛だけがすべてじゃない。

　そう思いこむことにして、私はその日、久しぶりに『グリーフカフェおのでら』に参加した。

「こんにちは」

「三浦さん久しぶりね。こちらへどうぞ」

『おのでら珈琲店』に入店すると店主の小野寺さんが私を迎えてくれる。ほかの参加者はまだ来ていないようで、私が一番乗りだった。

カウンターでアイスカフェオレを注文して待っていると、ひとり、またひとりと入店してくる。三十代くらいの女性と、五十代くらいの女性。

今日もまた、悲しみを抱えた人たちがこの場所へとやってくる。最近は恋愛の悩みに沈んでいたが、私の当初の目的は大切な人を亡くした悲しみを乗り越えることだった。これまでグリーフカフェに何度も参加し、自分の中である程度気持ちは整理できた。でも、ふたりを喪った悲しみは乗り越えられそうにない。以前に比べて落ちこむ回数は減ったけれど、一生乗り越えられる気がしなかった。

このグリーフカフェも、今日で最後にしよう。最後にもう一度ふたりへの思いを吐き出して、これからはまた私の中にだけ留めておこう。

昨夜、そう決めてから私は最後のグリーフカフェに申しこんだのだ。

開始時間になると、いつものように小野寺さんがグリーフケアの活動について滔々《とうとう》と語る。この話を耳にするのは何回目になるだろうか。私も説明できるくらいグリーフケアに詳しくなった。

　これが最後なのだと噛みしめながら小野寺さんの柔らかい声に耳を傾ける。初参加のふたりは小野寺さんに救いを求めるような眼差しで見つめていた。

「それじゃあ、まずは……橋本《はしもと》さん。軽く自己紹介と参加した理由を教えてくれるかしら」

　最初に指名されたのは五十代くらいの化粧っ気のない、髪がボサボサの女性。彼女は聞き取りにくいぼそぼそとした声で自己紹介をし、飼っていたハムスターが先月亡くなってしまったのだと嘆いた。

「はっちゃんが亡くなってからは茫然自失で、毎日が憂鬱でした。藁にも縋る思いでネットの記事を読み漁っていたら、ここのホームページを見つけて、これだと思って申しこみました」

　はっちゃんとは飼っていたハムスターの名前らしい。これがはっちゃんです、と橋本さんは鞄の中から小さな木箱を取り出してテーブルの上に置いた。

「今はハムスターでも火葬ができるんです。小動物用の火葬炉があって、ちゃんと骨も残るんです」

　橋本さんはそう言って愛おしそうに木箱を両手で包みこむ。どうやらその中にはっちゃんの遺骨が入っているらしい。

橋本さんは数年前に離婚し、はっちゃんを娘のようにかわいがってきたと涙を交えて語った。

「ハムスターも大切な家族の一員ですものね」

小野寺さんはどんな理由で参加しようと分け隔てなく接してくれる。もはや常連となった私の話にも、毎回初めて聞くように相槌を打ってくれる。それがあるから私のようにリピーターも多かった。

「渡辺《わたなべ》といいます。あの……誰かを亡くしたわけではないんですけど、実は十年間交際していた方に振られまして……。もう半年前のことなんですけど、まだ立ち直れなくて。こんな理由で参加してよかったんですかね」

渡辺と名乗った女性は申し訳なさそうに俯く。失恋も喪失のひとつだと小野寺さんが彼女を慰める。今回は比較的重たい話はなさそうで少しほっとした。本人たちにとってはこの上なく辛いことなのかもしれないが、今日はいつもに比べるとちゃんと話せるような気がした。

「三浦さん、お願いできるかしら」

話を振られ、こほんと咳払いをしてから口を開く。

「三浦綾香といいます。小野寺さんにはもう何回も話を聞いてもらってるんですけど、私は学生の頃、親友と好きだった人を亡くしました。あと、最近軽く失恋もしました。

よろしくお願いします」

常連の私は常連らしくさらりと自己紹介を終えた。そのあとは小野寺さんがそれぞれの話を深掘りしたり、喪失との向き合い方をアドバイスしたりした。

彼女はまず、私以外のふたりに詳しく話を聞いたあと、三浦さんは、と私に水を向けた。

「三浦さんは幼馴染みの女の子と、高校の同級生の男の子を病気で亡くしたのよね」

そうなんです、と私は身を乗り出して返事をする。ふたりの話をするのは今日で最後のつもりで、私は話を始める。

「幼馴染みの春奈とは幼稚園の頃からの仲で、中学まではずっと一緒でした。中学を卒業してからはいろいろあって疎遠になっちゃったんですけど、同じ高校の早坂秋人っていう男子がまた春奈と引き合わせてくれたんです」

話していると当時のことを思い出して目に涙が滲んでくる。春奈と再会してからの私は、まちがいなく人生で一番輝いていた。

「春奈は昔から病弱で、いつもひとりで、友達と呼べる子は私しかいなかったと思います。それなのに私は、高校に進学してからしばらくの間、彼女をひとりにしてしまいました。そんなときに私の手を引いてくれたのが、早坂でした」

中学の卒業式が終わったあと、私は春奈と喧嘩をして長いこと顔を合わせることはなかった。同じ病院で春奈と出会った早坂が、必死に私の背中を押してくれたおかげで再会を果たせたが、その会わずにいた空白の期間が今でも心残りだった。

「彼がいてくれたから、短い時間だったけれど春奈とまた昔のように笑い合えるようになりました。でもまさか、早坂も残り少ない命だったなんて、そのときは知りませんでした」

電話越しで心臓病だと告げられたとき、命に関わるような重い病気だとは思わなかった。その後入院したと聞いて駆けつけたら、「もうすぐ死ぬんだ」と飄々とした顔で言われたときも正直信じがたかった。

「覚悟はしてました。もうすぐ死んじゃう人を好きになったら、きっと深い悲しみに襲われるってことは。でも、覚悟してたのに、いざいなくなると立ち直れませんでした。本気で人を好きになったのは、もしかするとあのときが初めてだったのかもしれません」

慶司には申し訳ないけれど、私の初恋はやっぱり早坂だった。

「で、最近になってようやくまた好きな人ができたんですけど、あっけなく終わっちゃいました。以上です」

終わったというか、始まってすらいなかったのかもしれない。今はもう、なんだってよかった。

話し終えると小野寺さんとふたりの参加者は私に同情の言葉をかけてくれる。その後は小野寺さんが亡くなった息子さんの話をしたり、これまでの活動を振り返ったりしてイベントは終了した。

初参加のふたりは小野寺さんにお礼を言い、満ち足りた表情で帰っていく。私も春奈と早坂の話を気兼ねなくできて、また少し胸が軽くなったような気がした。

その後、私はカウンター席に移動した。今日で卒業しようと考えていたので、最後に小野寺さんにお礼を言おうと思ったのだ。

「あの、小野寺さん。私、今日で参加するの最後にしようと思ってます。何回か参加してみて、だいぶ心が軽くなりました。今まで話を聞いてくれてありがとうございました」

席を立って深く頭を下げる。心が軽くなったのは確かだが、悲しみが消えることはなかった。これ以上参加し続けても胸の痛みが和らぐことはないのだとも悟った。

「そう。初めて来てくれたときに比べたら表情は明るくなったなって思うけど、今日の様子を見てる限りだと、まだ心残りがあるんじゃない？」

小野寺さんは寂しそうに言い、「座って」と私に座るように促した。

「そうかもしれないです。イベントに参加するたびに気持ちは楽になったのは事実なんですけど、大切な人を喪った悲しみを乗り越えることはできなかったです。でも、大丈夫です。もうふたりのことは考えないようにして、これからは前を向いて生きようって思えたので」

言いながら、本当にそうだろうかと自分の言葉を疑った。この先春奈と早坂を忘れて生きていくなんて、私にはたぶん無理だ。きっとまたふたりのことを思い出して、悲嘆に暮れる日が来るのだろうなと思う。

小野寺さんは「あのね」と囁いて私の隣に腰掛けた。

「悲しみはね、乗り越えるものじゃないのよ。悲しみとともにどう生きていくか。それが一番大事なの。故人を思う時間も大切な時間だから、毎日じゃなくてもいいから、時々は思い出してあげて」

小野寺さんの言葉にはっとする。私は今まで、どうしたら悲しみを乗り越えられるのか、そんなことばかり考え、苦しめられてきた。悲しみは乗り越えるものではなく、共存するもの。その発想は私にはなかったので目から鱗が落ちる。

「喪失の痛みや悲しみとの向き合い方に処方箋なんてないの。それすらも受け入れて愛することが大事だと私は思う。悲しみの大きさは人と比べるものでもないし、生きていれば誰にでも訪れる感情なんだからひとりで悩むことはないのよ。またいつでもいらっしゃい」

言い終わると小野寺さんは席を立ち、カウンターの奥へ消えていく。彼女の言葉が胸に沁みて、目頭がじんと熱くなった。

少しして「これ、サービス」と小野寺さんはハーブティーを私の前に差し出した。お礼を言ってからカップの取っ手を摑み、ハーブティーを口に含んだ。ほどよい酸味が口いっぱいに広がっていき、ほろりと瞳の端から熱いものが零れ落ちる。

そうか、と私は内心で頷く。悲しみは乗り越える必要はないのだ。喪失の苦しみと向き合い、共に生きていけばいい。悲しみを人と比べる必要だってないんだ。これからも堂々と悲嘆に暮れていいのだと思うと、なんだか楽になった気がした。

「あ、失恋したって言ってたけど、それって本当なの？」

「あ、はい。失恋というか、ただ諦めただけというか……」

「本当にいいの？　諦めちゃって」

いいんです、とだけ返して顔を伏せる。ハーブティーをまたひと口飲んで気持ちを落ち着かせる。

小野寺さんは腕時計に視線を落とし、「そろそろ来るかしら」と嬉しそうに呟いた。

「誰かお客さんですか？」

そう訊ねると、彼女は微笑んだだけだった。

「あ、いらっしゃい」

店の扉が開いたのはちょうどそのときだった。グリーフカフェが終わり、通常営業に戻ったのだからお客さんが来ても不思議じゃない。

なにげなく振り返ると、そこには柏木さんの姿があった。

「こんにちは。隣、いいですか？」

「あ、はい」

どうして柏木さんがここに？　と疑問に思いながら、とっさに隣の座席に置いていた鞄を取って席を空ける。

柏木さんは「どうも」と小さく頭を下げて私の隣に腰掛け、アイスコーヒーを注文した。

「小野寺さんにメールしたら、今日綾香が来てるって聞いて」

問いかける前に彼が私の抱いた疑問に答え、なるほど、と私は呟く。彼のメッセージに返事をしていなかったから少し気まずかった。

「綾香にお礼が言いたくて」

私になんの用だろう、と次に抱いた問いにも彼は私が聞く前に答えた。

「凜のこと。綾香ががつんと言ってくれたから目が覚めたというか、凜と一緒に住む決断ができたんだ。ちゃんとお礼を言えてなかったなって思ったから、もう一度会って話したかった」

どうぞ、とアイスコーヒーが柏木さんの目の前に置かれる。小野寺さんは邪魔にならないようにとカウンターの奥に消えていった。

「……そっか。私、そんな大したこと言ったつもりなかったけどな」

「そんなことない。綾香が説得してくれなかったら、凜とはずっと離れて暮らすことになってたと思うし、一生後悔してたと思う。本当にありがとう」

最後は私の目を見て、彼は畏まったように頭を下げた。私はただ思ったことを口にしただけであって、最終的に凜ちゃんと暮らすことを決めたのは柏木さんなのに。

「決断した柏木さんの方がすごいと思うけど、そこまで言うなら私が後押ししたってことにしといてあげる」

照れを隠して告げると、柏木さんは笑ってくれた。

それからしばらくの間、柏木さんは黙ってアイスコーヒーを飲み続けた。なにか話を切り出そうとそわそわしている雰囲気だけが伝わってくる。日曜日の夕方、店内は客足が増え少しずつ賑わってきている。

柏木さんともう会うつもりはなかったのに、こうやって顔を見るとまた、手放した気持ちが揺らいでしまう。お礼を言いたいだけなら携帯越しに伝えてほしかった。といっても、返事をしなかった私が悪いのだけれど。

「話、それだけなら私もう帰るけど」

そう言いつつも、引き留めてほしいという思いが八割。このまま引き留めず、もう終わりにしてほしいという思いが二割。前者を選んでほしくて柏木さんに委ねるような言い方になってしまった。

「そっか、わかった」

柏木さんは無情にも、後者を選択した。

先輩の嘘つき、と心の中で毒づく。バツイチ男性と交際するメリットのひとつは、女性の扱いに慣れていたり女性の気持ちを理解できるところだと彼女は断言していたが、全然当たってないじゃん、と気落ちする。そもそも柏木さんは離婚したわけではないからバツイチではないし、やっぱり先輩の話を鵜呑みにするべきではなかった。

柏木さんはアイスコーヒーを飲み干すと、会計を済ませてふたりで店をあとにした。

「車だから家まで送っていくよ」

「近いから大丈夫。歩いて帰る」

思いどおりにいかなくて不貞腐れた私は、彼の厚意を無下にして背を向けて歩き出す。素直に甘えればいいのに、こういうところはいつまで経っても成長しない。よくないとわかっているのに、素直になれない自分が毎度のように嫌になる。

「ちょっと待って。実は今日綾香に会いに来たのには、もうひとつ理由があって」

呼び止められたのだから、振り向かなくては。決して未練があるからではないのだと自分に言い聞かせてから、私は彼を振り返る。

「なに？」

通行人が行き交う歩道の真ん中で柏木さんと向き合う。彼は俯いて私と目を合わせようとしない。

しばらくそうしたあと、彼は背負っていたリュックの中に手を入れ、中から花束を取り出した。赤に青にピンクに黄色。白やオレンジなど、色とりどりのガーベラを手に持つ。

「それ、どうしたの？」

これから奥さんのお墓参りにでも行くのだろうか。しかし彼は、その花束を私に差し出した。

「これを綾香に受け取ってほしくて」

道行く人たちの好奇の視線を感じる。男が女に花束を渡す瞬間なんて、たしかに少し目立つ。どうしてこのタイミングなんだろうと戸惑いつつ、私は花束を受け取った。

「あ、ありがとう」

花束なんて初めてもらった気がする。私の人生にこんなドラマのような瞬間が訪れるなんて想像したことすらなかった。どうリアクションするのが正解かわからなくて、彼の顔をじっと見つめ返す。

お礼の花束だろうか。けれど彼は、「え？」と言いたげな面食らった顔で私を見ていた。

「なに？」

「いや、それ……ガーベラなんだけど。綾香が好きだって言ってた」

「うん、知ってる。ありがとう。私、お花をもらったの初めてかも」

そっか、と彼はか細い声で言い、まだなにか言いたそうに唇を動かした。

「まだ話あるの？」

「……いや、大丈夫」

「わかった。お花、ありがとね」

花束を抱え、踵を返して歩き出す。花を贈られるのがこんなに嬉しいことだなんて思わなかった。きっと春奈も同じ気持ちだったんだろうな。自然と口元が緩み、足取りも軽くなる。

——色で花言葉が変わったり、贈る本数でも意味が変わったりして、私の一番好きな花なんです。

以前柏木さんにそう伝えたことがあった。なにげない会話を覚えていてくれたことが嬉しい。

その瞬間、私は、はっとして足を止める。ガーベラの花は、贈る本数で意味が変わる。自分で言ったことなのに、すっかり失念していた。

柏木さんから受け取ったガーベラの本数を指で数えていく。全部で十二本あった。一番好きな花とはいえ、すべての意味を把握しているわけではない。携帯を開き、検索する。

——私の恋人になってください。


その文字を見た瞬間に呼吸が乱れた。十二本のガーベラには、そんな意味が込められていた。

どうしてすぐに気づかなかったんだろう。涙で視界が滲み、肩が震えだした。

振り返ると、柏木さんが背中を丸めて歩いていく姿が遠くに見えた。私は駆けだす。

「待って！」

私の呼びかけに柏木さんが振り返る。表情は暗く沈んでいた。

「えっ。もしかして、こういうこと？」

言いながら携帯を彼に突き出し、先ほど検索したガーベラの意味が書かれている画面を見せた。ただの偶然で、私の早とちりだったらどうしようとドキドキしながら返答を待つ。

「……うん。そういうこと」

柏木さんは照れくさそうに顎を掻きながら答えた。

「わかりにくすぎ。このまま気づかないで帰っちゃったらどうするつもりだったの？」

「好きな花だって言ってたから伝わると思って。だって女の人って普通の告白より、ちょっと奇抜な告白の方が好きなのかなって。ていうか、なにも言わずに帰っていくから振られたかと思った」

彼は安心したように胸に手を置き、大きく息を吐きだした。

「綾香に好きだって言われたとき、最初は僕と付き合っても綾香は幸せになれないと思って断るつもりだった。でもなかなか言えなくて、このまま終わるのも嫌で、自分の中で答えを出した。綾香に言われたように、不幸だと思うなら、僕が幸せにしてやればいい。その分愛してやればいいんだって思ったんだ」

もう忘れるつもりだったのに、どうして今なんだろう。タイミングも告白の仕方も場所も全部最悪だし、そもそも結婚指輪をはめたまま告白するやつがいるだろうか。けれど、嬉しくて涙が止まらなかった。

「綾香のまっすぐなところとか、人のことを思いやれるところとか、そういうところが好きだなって。綾香も大切な人を亡くして辛い思いをしてると思うけど、その気持ちはわかるし、これからは僕が綾香を支えていきたいんだ」

「……ありがとう。でも、私なんかでいいの？」

震える声で問いかける。柏木さんは相好を崩し、ポケットからハンカチを取り出して私に手渡してくれた。

「それはこっちの台詞。本当に僕でいいの？」

私はハンカチを目元に押しつけて、何度も何度も頷いた。

エピローグ

「三浦さん久しぶり。今日は冬っぽいネイルにしてもらおうかな」

十二月に入り、その日の最後にやってきた客は早坂の幼馴染みである藤本絵里だった。冬らしい真っ白のコートに身を包み、赤のマフラーを首に巻いている。

彼女のSNSを通じて知ったことだが、無事に就職が決まったらしく、恋人の村井翔太とも順調らしい。

幸せオーラを纏っている彼女を席まで案内し、さっそく施術を開始する。ホワイトベースに雪の結晶をあしらったデザインに決まったところで爪を綺麗に削っていく。

「三浦さん、子どもがいるって噂を聞いたんだけど、本当なの？」

唐突な彼女の言葉に一瞬手が止まる。すぐに施術を再開し、「どうして？」と聞き返す。

「三浦さんが小学生くらいの女の子と歩いているところを見たって、同じ高校だった友達が言ってて」

「あー……はいはい。私の子どもじゃなくて、お付き合いしてる人の子なの」

藤本さんは「えっ」と身を乗り出して興味を示した。子どものいる男性と付き合っていると告げると、偏見や同情の目で見られることがほとんどで、最近は聞かれても答えないようにしていたが、彼女ならいいかと隠さずに伝えた。

「そうなの？　三浦さん彼氏できたんだ。全然知らなかった。相手、どんな人？」

「ちょっと天然なところもあるけど、頑張り屋で優しい人だよ」

「そうなんだ〜。三浦さんなかなか好きな人できないって言ってたから、素敵な人が見つかったんならよかったね。子どももいるなら賑やかで楽しそうだね」

　思いがけない言葉に戸惑ってしまう。先輩や常連のお客さんに知らせたときは、皆決まって私を心配したのに。まだ二十二歳の女が十歳以上も年上の子どものいる男性と付き合うと聞くと、皆、否定的な反応をする。騙されているんじゃないかと邪推されたり、よっぽどの金持ちなのかと勝手な妄想をされたり。

　けれど店長の梨沙さんと藤本さんだけはちがった。ふたりは自分のことのように喜んでくれて、私を応援してくれた。

　それが嬉しくて、「ありがとう」と素直に藤本さんに感謝した。

　誰になにを言われようと気にせずに堂々と子どものいる男性と交際していると宣言すればいいのに、そうできないでいるのは、私自身も少なからずコンプレックスに感じているからだった。離別ではなく、彼が奥さんと死別していることはなおさら言いづらい。

柏木さんと交際を始めてから、もうすぐ三ヶ月になる。柏木さんと凜ちゃんの新しい生活もスタートし、私も時々彼の家に出向いて家事を手伝ったりしていた。

でも、最近は亡くなった奥さんに対する嫉妬心が日々増していて、この先やっていけるだろうかという不安に悩まされていた。柏木さんは結婚指輪を自発的に外してくれたし、奥さんと比べられたり奥さんの話をされたりしているわけではないけれど、私が勝手に思い悩み、嫉妬してしまうのだ。

私より奥さんの方が好きなんじゃないだろうか。私はただ奥さんの代わりにすぎないのではないだろうか。

そんなことを考えても意味がないとわかっていても、亡くなった奥さんの存在が私を苦しめる。

「自分に自信がないだけだよ、きっと」

店長の梨沙さんにそう言われたときは、たしかにそのとおりだと思った。私はすべてにおいて彼の奥さんに勝っている自信がない。彼の家にお邪魔するときは、彼女に恨まれている気がして仏壇がある部屋は未だに避けていた。

付き合う前からこうなることは予想していたし、周りにも散々言われてきたのだから覚悟もしていた。けれど少しずつ精神が削られている自覚があった。

「三浦さん、大丈夫?」

はっとして顔を上げると、藤本さんが心配そうに私の顔を覗きこんでいた。施術中に考えこんでしまい、手が止まっていたのだ。

「ごめん、なんでもない。続けるね」

今はなにも考えず、目の前の仕事に集中しよう。そう気持ちを切り替え、私は今日も込み上げてくる感情に蓋をして一日を乗り越えた。


『義母が綾香に会いたいって言ってるんだけど、今度の休みに会ってくれないかな』

一週間前に柏木さんからそんなメッセージが届き、その週はそわそわして気もそぞろだった。

先日奥さんの両親に会ったときに彼はついに私のことを伝えたらしく、それならばぜひ会ってみたいと言われたそうだ。彼の両親ならまだしも、亡くなった奥さんの両親とも今後付き合わなくてはいけないのかと思うと気が重かった。

なにを言われるのか、正直会うのが怖い。好きな気持ちがあれば何事も乗り越えられると梨沙さんは励ましてくれたが、現実はそういった理想論は通用しない。反対される気がして未だに母にも伝えられないでいた。

「お義母さんいい人だから緊張することないよ」

柏木さんが家まで迎えに来てくれ、車内で不安に押し潰されそうになっている私を気遣ってくれる。

「おばあちゃんが怒ってるところ見たことないよ」

助手席の凜ちゃんも私を励ましてくれる。

「全然大丈夫だから、心配しないで」

ふたりになんとかそう笑いかけたとき、車は彼のマンションに到着した。

奥さんの母親――美智子《みちこ》さんがやってきたのはそれからすぐだった。

「あなたが綾香さん？　遼くんと凜ちゃんをよろしくお願いしますね」

その柔らかい笑顔に緊張は一気に吹き飛んでいった。柏木さんと凜ちゃんが言ったとおりの穏やかな人でひとまず安心する。

美智子さんに手土産を渡し、そのまま昼食をつくってくれていた彼女を手伝う。

「綾香さんはおいくつなの？」

「あ、えっと、二十二です」

「そうなの。お若いわねぇ」

柏木さんは私のことを詳しくは伝えていなかったらしく、調理を進めながら自己紹介をしていった。職業や家族構成など、面接を受けているような気分になる。美智子さんが気に入る答えを言いたいけれど、嘘をついてもいずれわかるだろうし、正直に話した。

「凜ちゃん、だんだん玲香に似てきたと思わない？」

昼食ができあがって四人で食べていると、美智子さんは亡くなった娘――柏木さんの奥さんの話をよくした。悪気があるわけではないことはわかるが、あまり耳に入れたい話ではなかった。

でも柏木さんが気を遣って話題を逸らしてくれて、気まずい雰囲気にはならずに済んだ。

「玲香のことは気にしなくていいからね」

食事が終わって洗いものをしている私に、美智子さんはそう声をかけてくれた。

「なるべく気にしないようにはしてるんです。でも、やっぱり意識しちゃいます。申し訳ないというか……」

言い繕うことはせず、私は自分の思いを正直に告げた。美智子さんの纏っている温かい雰囲気がそうさせたのかもしれない。『おのでら珈琲店』の小野寺さんと同じものを感じる。

悩みを打ち明けたくなるような、弱音を吐きたくなるような。きっと玲香さんもそんな人だったのだろうなと思うと、また落ちこんでしまう。

私にそのような温かさはないし、私は寛容な人間でもない。本当に私でいいのだろうかと、この期に及んでまた自信を喪失してしまう。

「気にすることないわよ。あ、そうそう。実は今日綾香さんに会いに来たのはね、渡したいものがあったからなの」

「……私に、ですか？」

ええ、と彼女は頷いて鞄の中を漁る。いったいなんだろうとドキドキしながら待っていると、美智子さんは一枚の封筒を鞄の中から取り出した。

「手紙……ですか？」

「ええ。これを、あなたに読んでほしくて」

タオルで手を拭いてからそれを受け取り、開封して中の便箋を手に取る。

『遼ちゃんと交際するあなたへ』

一番上にそんな言葉が記されていた。私は思わず美智子さんを見た。

「玲香がね、生前親しい人に手紙を残してたんだけど、その中に一枚だけ、遼くんと交際する人に宛てた手紙を書いていたみたいなの。もし遼くんに新しい恋人ができたら渡してほしいって頼まれててね。よかったら読んであげてもらえないかしら」

彼の奥さんが私に宛てた手紙。そう考えただけで心臓が暴れだした。憎悪に満ちた内容だったらと思うと恐ろしくて、手紙を読むことを躊躇してしまう。

「なにが書かれているか私はわからないけど、娘はあなたを恨んでなんかいないと思うわ。だから、読んであげて」

帰って夕飯の支度しなきゃ、と彼女は時計を見てから帰り支度を始める。柏木さんと凜ちゃんも、美智子さんを見送りに玄関の外に出た。

私は手紙を握りしめたまま三人を追って外に出て、美智子さんに頭を下げる。彼女は私に笑みを向けて、手を振ってくれた。


その日の夜。私はお風呂に入って明日の準備を終えてから、美智子さんにもらった手紙と向き合った。

玲香さんが私に宛てて書いたという手紙。正確に言うと私というより、柏木さんの新しい恋人に向けた手紙らしいけれど。

それを手にしたまま一時間が過ぎた。どうしても読む勇気が出なくて、しばらくそれをテーブルの上に置いてSNSを閲覧した。

ひととおりチェックを終えると、もう一度手紙と向き合う。

——娘はあなたを恨んでなんかいないと思うわ。だから、読んであげて。

美智子さんの言葉がふと蘇る。美智子さんがそう言うのなら、きっと大丈夫だ。

私は覚悟を決めて、恐る恐る手紙を開いた。

『遼ちゃんと交際するあなたへ

初めまして。遼ちゃんの前妻……でいいのかな。前妻の玲香といいます。突然手紙を渡されて戸惑っているかもしれませんが、どうか最後まで読んでほしいです。

どうしてあなたに手紙を書こうと思ったのか。私が死んだら、新しい恋をしてほしいと遼ちゃんには伝えました。私よりも素敵な人を見つけて、幸せになってほしいと。もちろん凜も、そしてあなたにも。

妻と死別した子どものいる男性となると、きっと新しい恋をするのに苦労するだろうし、そんな彼を好きになった人は、もっと苦労するだろうなって思います。もしかしたら好きな人ができず、遼ちゃんは一生独身かもしれない。好きな人ができても私の存在が邪魔をして、恋が成就しないかもしれない。

そしたらこの手紙は誰にも読まれることなくただの紙切れになってしまうんだろうか、なんて考えながら書いています。

でも、この手紙をあなたが読んでいるということは、遼ちゃんに好きな人ができて、遼ちゃんを好きになってくれた人が現れてくれたんだなって、嬉しく思います。きっと簡単な選択じゃなかったと思います。この前、あなたと似たような境遇の人物が出てくるドラマを観て、しみじみと考えてしまいました。辛いこともきっと多いだろうなと。

私に恨まれていないだろうかとか。凜とうまくやっていけるだろうかとか。悩みは尽きないと思うけど、でも安心してください。私はあなたのことを恨んでなんかいません。応援しているし、遼ちゃんを好きになってくれてお礼を言いたいくらいです。本当にありがとう。

あなたがどんな人なのか私にはわからないけど、遼ちゃんが選んだ人だから、きっと素敵な人なんだと勝手に想像してます。

私のことは気にせずに、三人で幸せになってください。遼ちゃんと、凜をよろしくお願いいたします。（二枚目に続く）』

一枚目を読み終えた途端、力が抜けてその場に崩れ落ちそうになった。目から涙が溢れ、呼吸がうまくできない。私が一番気にかけていたことを彼女は理解してくれて、そのうえで私という存在を受け入れてくれた。

玲香さんは私の心情を察し、安心してと言ってくれた。

――大丈夫だから。

――気にしなくていい。

――心配いらない。

今まで柏木さんや梨沙さんから私を励ます言葉をたくさんもらったけれど、そのどれよりも説得力があり、私の胸に強く響いた。

まさか当の本人からそんなことを言われるなんて想像もしていなかった。

やっぱり私は、奥さんには敵わない。悔しさと安堵の気持ちと、彼女の優しさに触れて涙が止まらなかった。

ふいに罪悪感に駆られ、彼女に謝りたいと強く思った。彼の奥さんはきっと私を恨んでいる、遠くから私を監視し、妬んでいるのではないかと勝手に想像して決めつけていたから。

柏木さんが選んだ女性なのだから、そんな人であるはずがないと気づけなかった自分が情けなかった。

涙を拭って二枚目に目を落とした。

『たぶん知っていると思うけど、遼ちゃんは基本的に怒りません。無理に怒らせようとしたり、嫉妬させようとしたりしても無駄なので（実証済み）、その辺は諦めましょう。あ、でも嫉妬はします。が、口には出さないので、愛されていないんじゃないかと不安になることもあるかもしれないけど、安心してください。遼ちゃんは愛情表現が下手なだけで、あなたのことをちゃんと愛してくれているはずです。それから
――』

二枚目には柏木さんの取扱説明書と思われる内容が記載されていた。私の知らない彼の一面まで、詳細に。

読み進めていくと柏木さんがいかに愛されていたかということがひしひしと伝わってくる。そして玲香さんの夫への愛の大きさに尊敬の念を抱いてしまう。

彼女はどんな気持ちでこのトリセツを書いたのだろう。誰よりも夫を愛しているのに、ほかの誰かのためにこれを書いたのだと思うと胸が苦しくなった。本当はずっと夫のそばにいたかったはずなのに。


『凜は素直でいい子です。好き嫌いも少ないし、わがままも言いません。でも遼ちゃんとばっかり話していると不貞腐れたりするので、凜のことも構ってくれたら嬉しいです。無理なお願いかもしれませんが、遼ちゃんと同じくらいの愛情を凜にも向けてやってほしいです。どうか、どうか凜のこともよろしくお願いいたします』


最後の一枚は凜ちゃんの短いトリセツで締めくくられていた。私の顔は涙と鼻水でぐしゃぐしゃになっていた。

読み終えた瞬間、私の中で迷いがすべて吹き飛んでいった。誇張でも大げさでもなく、長年降り続いていた雨がようやく上がり、心にひと筋の光が差しこんだような感覚さえあった。

私も彼と同じく、大切な人を亡くした過去がある。その悲しみは生きている限り消えることはないし、この先も苦しめられることだってあるかもしれない。

私の心の奥には春奈と早坂が常に存在している。柏木さんだってそう。奥さんの存在が消えることはないだろうし、きっとこれからも愛し続けるのだろう。

それが普通なのだと今になって気づいた。奥さんの存在も含めて、私は彼を愛せると思えた。彼の抱えている悲しみもなにもかも丸ごと愛さなきゃだめなのだと。

外の空気を吸いたくてベランダに出る。空気がひんやりと冷たく、もうすぐ本格的に冬がやってくるのだと肌で実感した。

「よし、頑張ろう！」

夜空に向けて力強く決意表明したあと、大きく伸びをする。

情緒不安定で、弱音ばかり吐いていた私とは今日で決別しなくてはならない。私も玲香さんに負けないくらい、柏木さんと凜ちゃんを好きになってやる。

これからは、私がふたりを支えていくのだから。

彼女が遺してくれた手紙が、私にそう思わせてくれた。

「なんか綾香ちゃん、ちょっと顔つき変わったね」

数日後の朝礼終わりに、先輩が私の顔をまじまじと見つめて言った。

「そうですか？」

「うん。明るくなったというか、なんか楽しそう」

「そうかもです。やっぱ好きな人がいると楽しいですよね」

先輩にそう告げて作業台につき、携帯を開いてSNSをチェックする。柏木さんのアカウントに飛ぶと、私と凜ちゃんと柏木さんの三人で撮った写真が新たに投稿されていた。たくさんのいいねやお祝いのコメントで溢れ返っている。それを見ると彼の止まっていた時間が動き出したように思えて、私は嬉しかった。

そのアカウントに玲香さんの写真は残されたまま。最初彼は過去の写真は消すと言ったが、私がそれを止めた。奥さんとの大切な思い出なのだから、消さないでと。

ちょっと前までは玲香さんのことであんなに思い悩み、うじうじしていたというのに今は心が晴れやかで、あの頃の自分が馬鹿みたいだとさえ思えるようになった。

とはいえあの鬱屈した日々は必要な時間だったと今は思う。あれこれ思案し、毎日のように煩悶していた日々があったからこそ自分にとって正しい答えを導き出せた。

最後に玲香さんからの手紙で後押しされたのは事実だけれど、それがなくてもきっといつか同じ答えに辿りつけただろう。

「じゃあ、お先に失礼します」

午前の作業が終わったあと、私は先輩たちに挨拶をしてから退勤した。

今日は大事な用事で、ずいぶん前から半日有休を取っていたのだ。

年に一度の、大切な日。

午後から雨が降るらしいので、急がなくては。

そこへ向かう前にバスに乗って実家へ寄った。今日は母も仕事が休みだと事前に聞いていたので、途中で母の好物であるケーキを購入した。

「ただいま。ケーキ買ってきたから、あとで食べて」

リビングのソファに座っていた母は、私に「おかえり」と声をかけ、「一緒に食べないの？」と聞いてきた。

「ダイエット中だから私は大丈夫。すぐ出かけなきゃいけないし」

「そんなほっそい体してるのに、ダイエットなんかしなくてもいいでしょ」

「私は気にするの」

ケーキの箱を冷蔵庫に入れて、私もソファに腰掛ける。昨日母に話があるから帰ると連絡をしていたので、それだけ伝えてすぐに帰ろうと思っていた。

「それで、話って？」

「うん、それなんだけどね。お母さんに会ってほしい人がいて。結婚も考えてる人なの」

　この台詞をこんなに早く母に告げることになるとは、正直思わなかった。恋人はしばらくできないだろうと思っていたし、結婚なんて諦めてもいた。

　まだ付き合ったばかりだし実際に結婚するのは先のことだろうけど、彼と付き合うということは、いずれはそれも視野に入れておく必要がある。

「そっかぁ。綾香ももうそんな年頃かぁ。相手はどんな人なの？」

「今年三十四歳になる会社員で、五年前に奥さんと死別してて、小学二年生の娘がいる人。優しくていい人だよ」

　深呼吸をしてからひと息に捲し立てると、母は口を半開きにして目を瞠った。

「ちょっと待って。情報量が多すぎない？　えっと、バツイチ子持ちの男性？」

　私はもう一度ゆっくりと母に説明し直し、「なにか問題でもある？」と最後に語気を強めて言った。

「親としてはあるにはあるけど、まああんたが選んだ人ならべつにいいんじゃない？　お母さんは人のこと言える立場じゃないし」

　反対されると思っていたが、意外とすんなり理解してもらえて助かった。もし文句を言われようものなら、母の過去の男性遍歴を持ち出して反撃してやろうと考えていたのだが。

かう。


「じゃあそういうことだから、また連絡するね」

まだ気持ちの整理ができていない様子の母にそう言い残して、私は次の目的地へ向かう。


実家の最寄りのバス停からバスに乗車して約十五分。久しぶりに訪れたその場所はちっとも変わっていなかった。


「こんにちは」

「あら、ガーベラちゃんじゃない。久しぶりねぇ。今日もガーベラ買ってく？」

昔は常連だった花屋に立ち寄り、数年ぶりに店内に足を踏み入れる。店だけでなく花屋のおばさんも変わりなかった。

「お久しぶりです。ガーベラを色ちがいで九本ください」

「九本ね。ちょっと待っててね」

「あ、そうだ。やっぱりもうワンセットください。九本のガーベラを二セットでお願いします」

おばさんはにこりと微笑んでガーベラの花を一本ずつ手に取り、丁寧に包装紙に包んでいく。店内にはクリスマスローズやシクラメンなど、冬の花があちこちに陳列されている。

ここへ来るとあの頃に戻ったような錯覚に陥り、なんだか懐かしくなって胸が震えそうになった。以前はいろいろ思い出してしまうから意図的に避けていたが、これからはまた花を買いに来よう。

「はい、どうぞ。九本のガーベラの意味、知ってる？」

「ありがとうございます。はい、もちろん知ってます。大切な友達に贈るにはぴったりの花言葉ですよね」

「そうね」

代金を支払ってから花を受け取り、おばさんに頭を下げて店を出ようとすると、背後から届いたおばさんの声が私の足を止めた。

「最近ガーベラくん見ないけど、あの子も元気？」

おばさんは、早坂が亡くなったことを知らない。私は振り返り、彼女に微笑みかける。

「はい、元気です。ちょうどこれから会いにいくところなんです」

おばさんにそう告げて店をあとにした。

花屋を出てからまたバスに乗って数十分。市営墓地前のバス停で降り、花を抱えて早坂の墓石の前まで歩いた。

今日は彼の命日だった。去年は風邪を引いて来られなかったから、ここへ来るのは二年ぶりになる。

柄杓の水をそっと墓石にかけ、九本のガーベラをふたつに分け、左右の花立てに挿した。

――いつまでも一緒にいてほしい。

九本のガーベラには、そんな意味が込められている。春奈も早坂も、いつまでも私の心の中にいてほしいと願いを込めてこの本数を贈った。

悲しみとともに生きていくと、そう誓ったのだ。私はこの先も、ふたりと一緒に生きていきたかった。

蠟燭に火を点け、線香を立てて手を合わせる。

「早坂、久しぶりだね。元気だった？　私は元気だよ。あ、そうだ。早坂にも言っておかないとだね。私、恋人ができたんだ。ちょっとだけあんたに似てる人でさ、子どもがいるんだけど、かわいくていい子だよ。その人、奥さんを亡くしててさ、私が奥さんの代わりになれるかわからないけど、彼を支えていくつもり。まあなにが言いたいのかというと、私は今幸せだから、安心してってこと。それから……」

私は早坂の墓石に向かって延々と語り続けた。話したいことがたくさんあって、次から次へと言葉が出てくる。

そのとき、首筋に冷たいものが当たった気がした。どうやら心配していたとおり雨が降り始めたらしい。

やっぱり私は雨女だ。でもこれは、きっと悲しみの雨なんかじゃない。私の不安や悲しみを洗い流してくれる、希望の雨。いつか早坂が私にそう教えてくれた。雨は決してネガティブなものではないのだと。

だから私は、傘を差さずに雨に打たれることにした。この雨が上がって新しい空を迎えたとき、私は生まれ変わっているはずだと信じて。

「ほら、やっぱり三浦さんだ。三浦さんも来てたんだ」

明るい声に振り返ると、早坂の幼馴染みのふたりがこちらへと歩いてくるのが見えた。花を抱えた藤本絵里と、村井翔太だ。

「久しぶり。三浦も来るんだったら三人で一緒に来ればよかったな」

村井くんはお供えものの和菓子を墓前に供え、藤本さんは持ってきた花を花立てに挿した。私が持参したガーベラが埋もれてしまうくらいのたくさんの花が供えられ、華やかになった。

ふたりといくつか言葉を交わしたあと、「私、まだ行くとこあるから帰るね」と言って最後にもう一度墓石の前で手を合わせる。

――幼馴染みが来てくれてよかったね。ゆっくり話してください。これから春奈にも報告してくるから、またね。

心の中で早坂にそう告げて、私はもうひとつの九本のガーベラの花束を持って春奈が眠る墓地へと向かう。

そのとき背中に強い風を受け、足取りが軽くなった。振り返ると墓前に添えられたガーベラの花が、気持ちよさそうに揺れている。

馬鹿みたいだけど、早坂が背中を押してくれたのかな、と私は思った。

解説

けんご

世間を騒然とさせた新型コロナウイルスが蔓延し、マスク着用が当たり前だった二〜三年前、あるジャンルの小説が若い世代を中心に、再びブームを起こしました。

それが「悲恋」です。結末にヒロイン、あるいはヒーローの「死」や「別れ」が待っていることがわかりながらも、恋の美しさや儚さを描いた悲恋は、小説を読んで泣きたいと思っている人々から、絶大な支持を得ています。

過去にも、『世界の中心で、愛をさけぶ』（片山恭一・著）や『君の膵臓をたべたい』（住野よる・著）を筆頭に、ベストセラーとなった悲恋を描いた作品は多数見受けられます。ライト文芸と呼ばれるジャンルを確立したのは、これらの作品なのかもしれません。

そして時が経ち、Z世代と呼ばれる年代を中心に、再び悲恋が話題を生みました。

そのきっかけの一つが、「よめぼく」シリーズだと断言します。

第一作『余命一年と宣告された僕が、余命半年の君と出会った話』から始まったシリーズは、本書で五作目を迎えました。小説紹介をしている僕のＳＮＳアカウントでも、シリーズ作品を取り上げるたびに大きな反響が生まれています。これは間違いなく、若い世代の読者と作品の親和性が極めて高いからに他なりません。ちなみに、僕のＳＮＳアカウントの視聴者は、二十五歳以下の女性が七割以上を占めています。

なぜ「よめぼく」シリーズがここまで大きな話題を生み出したのか――。言うまでもなく、物語が優れているからなのは間違いないですが、僕はタイトルが大きな鍵となっていると推測します。第一作を初めて手に取ったときは、正直なところ「このタイトルはネタバレになってしまうのでは」と思っていたのです。しかしながら、物語を読むとその印象は一変し、このタイトルこそもっともふさわしいのだと強く頷きました。

タイトルはいわば、小説においてのキャッチコピーです。僕はＳＮＳで主に「縦型ショート動画」と呼ばれる、一分程度の短い動画で書籍を紹介しています。動画の中で最も重きを置いているのは、最初の一言です。一言目で視聴者を惹きつけることができなければ、動画はあっという間に飛ばされてしまいます。現代を生きる若い世代は、それだけ取捨選択の判断スピードが速くなっているのです。

それに加え、どんな内容なのかがわからないと手に取りづらい、という意見も多数聞きます。これは、タイムパフォーマンスが意識される現代日本だからこその傾向かもしれません。

タイトルで大きく興味をそそり、物語で読者の心を鷲掴みにした「よめぼく」シリーズは、ヒットすべくして三十万部を超えるベストセラー作品となりました。若者の読書離れがささやかれる世の中ですが、この先も「よめぼく」シリーズが次世代の読者を次々と生み出すきっかけとなっていくはずです。

※ここからはネタバレを含む内容となりますので、本書を読み終えた方のみお読みください。

シリーズ第一作の正式な後継となった本書は、親友である春奈、そして想いを寄せていた秋人を亡くし、一人残されてしまった三浦綾香を主人公に進んでいきます。

春奈と秋人が亡くなってから数年後、綾香は専門学校を卒業し、ネイリストとして働いていました。二人を亡くした悲しみは、そう簡単に時間が解決してくれるものではありません。綾香は二人のことを、ふとした瞬間に思い出しては、立ち直れなくなるということを繰り返していました。

そんなときに、彼女の人生を変える運命的な二つの出会いが生まれます。それが、悲しみを分かち合い、安心して語り合える場所『グリーフカフェおのでら』と、その場で出会った柏木遼です。柏木は、五年前に妻を亡くしたシングルファザーで、綾香と同様に少しでも悲しみを癒すために、『グリーフカフェおのでら』に来ていました。立場は違っても、お互い大切な人を亡くしたもの同士です。

僕は「よめぼく」シリーズにある共通点を感じます。それが、登場人物たちの「覚悟」です。本作のクライマックスでは、綾香と柏木が結ばれ、新しい人生をスタートさせます。そこに至るまでに、二人には多大なる覚悟が必要でした。

綾香には、春奈と秋人の想いを背負い、生きていく使命があります。二人の期限付きの恋を間近で見て、自らも秋人を好きになったからこそ、次の恋愛に対する葛藤もあったはずです。告白してくれた、同級生の木村慶司の存在も彼女の気持ちを揺さぶりました。

柏木も妻・玲香を亡くしてから時間が経っているとはいえ、本当に綾香と前に進んでいいのかとひどく葛藤していました。自身の力だけで育てられていなかった小学二年生の娘・凜もいて、生半可な気持ちでは決断できなかったと思います。さらに、綾香とは年齢も離れているのです。

しかしながら、お互いの抱える悲しみを分かち合い、お互いの全てを愛することを決意し、最後には婚約に至りました。

　本書だけでなく、他のシリーズ作も同様に、登場人物たちが「覚悟」を決める象徴的な場面が多数あります。それまでの過程を丁寧に描いているからこそ、どの作品に対しても、胸が締め付けられるほどの想いが込み上げてくるのです。これは、著者の森田碧《もりたあお》さんの筆力に他なりません。間違いなく、リーダビリティの高さが物語を際立たせています。


　最後に森田さんの友人として、読者の皆様にお伝えしたいことがあります。

　森田さんは読者のことを思いやり、心から大切にしている作家さんです。この先もきっと、新たな作品を生み出してくれると思います。「よめぼく」シリーズを筆頭に、お気に入りの作品があれば、ぜひ周りの人にも勧めてください。これは、小説紹介クリエイターとしての僕からのお願いです。

　森田さんが書かれる物語には、読書の輪を広げるほどの、大きな可能性が秘められています。


（小説紹介クリエイター）

主な参考文献

『悲しみを生きる力に　被害者遺族からあなたへ』入江杏著（岩波ジュニア新書）
『悲しみとともにどう生きるか』柳田邦男・若松英輔・星野智幸・東畑開人・平野啓一郎・島薗進・入江杏編著（集英社新書）
『はじめて学ぶグリーフケア第2版』宮林幸江・関本昭治著（日本看護協会出版会）
『雨降りの心理学　雨が心を動かすとき』藤掛明著（燃焼社）

本書はフィクションであり、実在の人物および団体とは関係がありません。

余命《よめい》一年《いちねん》と宣告《せんこく》された僕《ぼく》が、余命《よめい》半年《はんとし》の君《きみ》と出会《であ》った話《はなし》 Ayaka's story

森田碧《もりたあお》

2024年1月5日初版発行
2024年7月11日第7刷

発行者……加藤裕樹
発行所……株式会社ポプラ社
〒141-8210 東京都品川区西五反田3-5-8
JR目黒MARCビル12階

フォーマットデザイン 荻窪裕司(design clopper)
組版・校閲 株式会社鷗来堂
印刷・製本 中央精版印刷株式会社

ポプラ文庫ピュアフル

ホームページ www.poplar.co.jp
©Ao Morita 2024 Printed in Japan
N.D.C.913/299p/15cm
ISBN978-4-591-18028-0
P8111368

シリーズ30万部突破のヒット作!!
切なくて儚い、『期限付きの恋』。

森田碧
『余命一年と宣告された僕が、余命半年の君と出会った話』

装画：飴村

高1の冬、早坂秋人は心臓病を患い、余命宣告を受ける。絶望の中、秋人は通院先に入院している桜井春奈と出会う。春奈もまた、重い病気で残りわずかの命だった。秋人は自分の病気のことを隠して彼女と話すようになり、死ぬのが怖くないと言う春奈に興味を持つ。自分はまだ恋をしてもいいのだろうか？　自問しながら過ぎる日々に変化が訪れて……。淡々と描かれるふたりの日常に、儚い美しさと優しさを感じる、究極の純愛。

シリーズ30万部突破のヒット作!!
ラストのふたりの選択に涙する……。

森田碧
『余命99日の僕が、死の見える君と出会った話』

装画：飴村

人の寿命が残り99日になると、その人の頭上に数字が見えるという特殊な能力を持つ新太。あるとき、新太は自分の頭上と、文芸部の幼なじみで親友の和也の上にも同じ数字を見てしまう。そんな折、文芸部に黒瀬舞という少女が入部し、ふとしたきっかけで新太は、黒瀬もまた死期の近い人が分かることに気づく。ひたむきに命を救おうとする黒瀬に諦観していた新太も徐々に感化され、和也を助け、自分も生きようとするが……?

森田碧が贈る、切なくて儚い物語
「よめぼく」シリーズ第3弾！

森田碧
『余命88日の僕が、同じ日に死ぬ君と出会った話』

装画：飴村

高二の崎本光は、クラスの集合写真を興味本位で〝死神〟に送り、自分と人気者の浅海莉奈の余命が88日だと知る。友人もおらず、ある悩みから既に人生に見切りをつけている光は落ち込むこともなかったが、なぜ彼女と同じ日に死ぬ運命なのかが気になった。やがて一緒に水族館へ実習に行き、浅海が深刻な病を抱えていると知って——。森田碧が贈る、「よめぼく」シリーズ第3弾！　驚愕のラストに涙が止まらない……究極の感動作！